# LES DERNIERS JOURS DE CORINTHE

## OUVRAGES D'ALAIN ROBBE-GRILLET

UN RÉGICIDE, *roman, 1949.*
LES GOMMES, *roman, 1953.*
LE VOYEUR, *roman, 1955.*
LA JALOUSIE, *roman, 1957.*
DANS LE LABYRINTHE, *roman, 1959.*
L'ANNÉE DERNIÈRE À MARIENBAD, *ciné-roman, 1961.*
INSTANTANÉS, *nouvelles, 1962.*
L'IMMORTELLE, *ciné-roman, 1963.*
POUR UN NOUVEAU ROMAN, *essai, 1963.*
LA MAISON DE RENDEZ-VOUS, *roman, 1965.*
PROJET POUR UNE RÉVOLUTION À NEW YORK, *roman, 1970.*
GLISSEMENTS PROGRESSIFS DU PLAISIR, *ciné-roman, 1974.*
TOPOLOGIE D'UNE CITÉ FANTÔME, *roman, 1976.*
SOUVENIRS DU TRIANGLE D'OR, *roman, 1978.*
DJINN, *roman, 1981.*

*Romanesques*
I. LE MIROIR QUI REVIENT, *1985.*
II. ANGÉLIQUE, OU L'ENCHANTEMENT, *1988.*
III. LES DERNIERS JOURS DE CORINTHE, *1994.*

ALAIN ROBBE-GRILLET

# LES DERNIERS JOURS DE CORINTHE

LES ÉDITIONS DE MINUIT

L'ÉDITION ORIGINALE DE CET OUVRAGE A ÉTÉ TIRÉE À QUATRE-VINGT-DIX-NEUF EXEMPLAIRES SUR VELIN CHIFFON DE LANA NUMÉROTÉS DE 1 À 99 PLUS DIX EXEMPLAIRES HORS COMMERCE NUMÉROTÉS DE H.-C. I. À H.-C. X


7, rue Bernard-Palissy, 75006 Paris



ISBN 2-7073-1479-X

La chair des phrases a toujours occupé, sans doute, une grande place dans mon travail. Même si je ne suis pas à ma table, leurs figures mouvantes ne cessent de me hanter. Je répète des mots, des rythmes, j'essaye des sonorités, j'organise des échos et des ruptures. C'est en moi comme les mouvements ressassés, prévisibles, sans cesse imprévus, de l'eau profonde qui enlace, gifle, submerge, met à nu d'un seul coup jusqu'aux pieds, puis caresse doucement les roches de granit rose, ruisselantes, polies par les remous frangés d'écume.

Cette inlassable activité dont les mains patientes épousent avec lenteur la matière même du langage, ferme et fluide à la fois, sa prosodie, sa texture, présente à l'évidence un caractère avant tout sensuel. Mais le sens exact et ambigu des mots, qui en même temps me préoccupe, va développer à son tour un nouveau champ de tonalités, de dissonances, d'harmonies lointaines, de rappels têtus, c'est-à-dire toute une musique, celle des voix de l'homme aux innombrables registres, celle du plaisir aigu et grave, celle de la mer qui bat contre l'antique sol dur de Bretagne. Breton, Tristan Corbière, Valéry, Nerval,

Lautréamont, je me récite tout en marchant, ou dans mon bain, ou les yeux perdus au plafond, le chant de mes anciens compagnons d'armes : vieil Océan aux vagues de cristal, je te salue, vieil Océan, une fois encore.

Et c'est encore maintenant sur une côte atlantique, au nord de Montevideo, les longues plages désertes, soudain peuplées de chatoyantes baigneuses d'or (riant de plaisir dans le soleil sous les hautes vagues qui les giflent, les renversent, à demi disloquées parmi l'écume blanche, les pénètrent de toute part), puis à nouveau délaissées, étendues blondes et vierges de sable fin où gît seulement çà et là un profond coquillage à la vulve incarnat, dont les bords fragiles sont ourlés de nacre, ou bien la longue chevelure défaite d'une algue rousse échouée, un étroit soulier de bal à talon très aigu, l'empeigne recouverte par des paillettes bleu métallique où s'accroche du fin corail, peut-être témoin de quelque récent naufrage.

Le paysage violent et monotone, au plus secret duquel Henri de Corinthe aurait vécu ses problématiques aventures urugayennes, continue ainsi sur des dizaines et des dizaines de lieues jusqu'à la frontière du Brésil, toujours recommencé entre les avancées granitiques successives, abandonné au vent, aux imposantes lames vertes qui déferlent dans un exaltant fracas l'une après l'autre, sur une grève presque plate que lèche ensuite longuement leur crépitante mousse ensoleillée, puis se retirent en laissant derrière elles un vif miroir éphémère, où se reflètent un instant les colonies immobiles d'hirondelles marines et de mouettes. Perchés à l'extrême pointe du prochain éperon rocheux, qui bouche ici l'horizon, trois grands cormorans noirs montent la garde.

A cet endroit, l'eau déjà profonde entre les blocs de

pierre aux formes arrondies semble relativement moins agitée, les vagues ne se gonflant que plus près du rivage, dans la vaste anse sableuse à peine incurvée en arc elliptique, alors que le promontoire plus ou moins escarpé à la végétation coriace, aux protubérances cristallines jaillies du vieux sol dans un amoncellement chaotique, s'avance vers la haute mer où les derniers écueils isolés le prolongent encore de quelques mètres. Les mouvements de la houle y paraissent plus lents, moins tumultueux, presque paisibles, plus sournois aussi sans doute sous leurs airs de berceuse alanguie, montant et descendant avec régularité contre une paroi sombre, puis dans un élan soudain, imprévisible, submergeant d'un seul coup la roche entière et toutes ses voisines, jusqu'aux larges pattes des cormorans impassibles et attentifs, solidement accrochés à d'invisibles aspérités de quartz, puis se répandant en remous laiteux à travers les anfractuosités et les failles.

On lui avait souvent raconté cette histoire, dans son enfance. Elle remonterait aujourd'hui à plus de soixante années. Une lame sourde était ainsi venue le prendre, par un temps très calme, sur la cale en pente d'une crique entaillant la falaise, non loin de Brest, à l'entrée de la rade, au lieu dit « Le Minou ». Quel âge pouvais-je avoir ? Peut-être trois ou quatre ans ? Nous sommes partis en promenade avec maman et sa plus jeune sœur, Marcelle, dans la grande automobile noire du mari de celle-ci, qui s'appelle Antonin. Comme l'indique ce prénom, évoquant l'époque romaine, mon oncle n'est pas breton, mais provençal, et il sait nager, ce qui est une chance, ma chance ce jour-là.

Alors que, descendus de l'auto, nous nous avançons sans méfiance, à petits pas, sur la rampe d'accostage en granit peu glissant, battue seulement à sa partie inférieure par le doux va-et-vient de l'eau claire, un incompréhensible paquet de mer issu des profondeurs remonte la pente d'un seul bond et m'emporte. Mon oncle Antonin se précipite, plonge tout habillé, me ramène très vite, sans trop de mal, jusqu'à la terre ferme. Je n'ai pas, semble-t-il, respiré le mortel élément liquide ; j'ai seulement bu, comme on dit, une bonne tasse. Nous revenons tous vers la voiture, moi-même serré dans les bras de maman comme un précieux paquet, et nous rentrons à Kerangoff par le plus court chemin, pour nous sécher, nous réchauffer, faire le récit de l'aventure qui a mis fin à notre excursion.

C'est ce récit, cent fois répété ensuite tandis que je grandissais, qui est demeuré dans ma mémoire. L'événement lui-même, trop rapide ou désormais trop lointain, ne m'a pas laissé le moindre souvenir conscient, bien que j'aie souvent revu le creux au nom prédestiné d'où le monstre avait surgi... Le Minou, le minet, le petit chat fragile à la toison soyeuse, image la plus rassurante du sexe féminin, ouvre brusquement sa bouche rouge aux dents de requin pour me dévorer vivant.

Une seconde fois, près d'un quart de siècle plus tard, alors que je veillais mollement aux Antilles françaises sur les rhizomes pourris des bananiers malades, rongés à mort en catimini par le terrible charançon que l'on nomme (en latin) cosmopolite sordide, j'ai à nouveau évité de justesse la noyade, par un gai dimanche d'avril, dans la baie de Fort-de-France. Equipier sans aucune expérience, j'avais pris place sur un tout petit sneip en compagnie de son propriétaire, professeur de gymnastique et fervent des courses nautiques, qui venait de bricoler dangereusement son frêle esquif, muni à présent d'un mât démesuré par rapport à la modeste coque, avec beaucoup trop de voile. Mon rôle se bornait à « compenser », c'est-à-dire à me pencher en arrière par-dessus bord, du côté opposé à celui où ce gigantesque gréement s'inclinait par moment d'inquiétante façon.

Mais mon compagnon me rassure, car il manœuvre avec adresse, sous une brise assez forte. Nous filons en dansant vers l'Anse-aux-Lambis. Et voilà qu'au milieu de la traversée une grosse barcasse créole coupe notre route, toute sa voilure rouge dehors. Le gymnaste intrépide continue à courir tout droit, mesurant en expert que nous allons passer très à l'aise derrière la lourde poupe en bois sombre, sans voir qu'une forte ligne à la traîne nous barre le chemin. Il l'aperçoit au dernier moment, et, craignant pour notre équilibre précaire, ou bien ne voulant pas sectionner le filin de pêche, tendu par la vitesse qui l'emporte et par son propre poids, il donne un brusque coup de barre à contre-vent.

Quelques secondes après, nous nous débattons autour de notre épave. Le sneip s'est entièrement retourné, la coque en l'air émergeant à peine, entraînée vers le fond par une mâture trop pesante et sa toile chargée d'eau. J'ai déjà dit qu'en bon petit-fils de marin normand je n'ai jamais su nager, surtout dans la houle du large, même si elle est de faible amplitude. Je barbote donc misérablement, essayant de me soutenir en prenant appui sur un support de dérive, qui affleure par intermittence dans le creux des vagues. Mon compagnon me crie de ne pas m'y accrocher, ni à quoi que ce soit d'autre, car je risquerais de faire couler l'ensemble. Et, au lieu de me secourir, il entreprend de haler, en l'agrippant d'une main tout en se propulsant avec son autre bras et les deux pieds, l'unique objet de tous ses soins.

Je vois déjà ma fin venue, ce que je trouve bête par un si beau temps, avec encore toute mon œuvre à faire. Heureusement, le pêcheur, ayant reconnu de loin l'artiste en difficulté que le monde va perdre, se décide enfin à virer de bord pour revenir vers nous. Après deux passages infructueux, il me hisse à grand-peine sur le pont, où je m'écroule, rendant l'onde amère ingurgitée, à bout de forces. Sur les bouées de sauvetage, dont on n'a pas eu à se servir, je lis le nom du navire : *Orca,* la terrible orque noire appartenant aux luttes légendaires de nos ancêtres contre les monstres marins.

Jonas miraculé, ma baleine ventrue, en quelques bordées précises, me crache sur la plage la plus proche, déserte, où me rejoindra au bout de presque deux heures d'efforts le nageur musclé remorquant sa précieuse épave, épuisé lui aussi mais avec plus de raisons, heureux malgré tout de me retrouver en vie. Il dit avoir pensé tout de suite que, de l'autre bateau (qui pourtant ne ralentissait guère sa course), on avait pu mesurer le drame. Et les requins, en général, ne s'approchent pas si près de cette côte. Juste au-dessus de nous, sur la falaise herbue, il y a la petite maison en pierre aux étroites ouvertures où André Breton était interné, pendant la guerre.

La troisième fois, plus spectaculaire, aurait été le naufrage du *Queen Elisabeth,* qui en définitive n'a pas eu lieu, comme il a déjà été rapporté dans un précédent mémoire. A la Martinique, durant cette période où j'enregistrais sans le savoir divers éléments dont les figures incertaines deviendront beaucoup plus tard *la Jalousie,* je me trouvais surtout fort amoureux d'une mignonne petite enfant, rose et blonde à souhait, qui avait l'air d'un bonbon. Agée de quelque dix ou douze années, mais encore rajeunie par sa taille menue, elle était la dernière fille d'un magistrat métropolitain jouissant ici d'un grand renom local parce qu'il ne pouvait prononcer aucun verdict, dans toute affaire de quelque importance, sans avoir ses pieds nus trempant dans l'eau d'une bassine, généralement dissimulée aux yeux du public par les plis du velours qui recouvrait l'auguste tribune. Les aventures passionnelles de Corinthe en Amérique tropicale nous apprennent aussi que la vie bourgeoise « outre-mer » comporte de tels écarts, égarement ou excès, moins rares qu'au vieux pays et en tout cas plus voyants, plus notoires.

Le tendre objet de ma convoitise s'appelait Marianne. Elle jouait à se dire ma fiancée légitime et, sous ce prétexte, elle s'installait sur mes genoux pour m'embrasser longuement avec toute sorte de contorsions et de petits rires complices, consciente sans aucun doute de l'état où me mettaient ses démonstrations lascives, une précocité naturelle évidente (que niait son corps de poupée) devant s'être tôt épanouie dans la moite langueur des îles. Juste avant sa communion solennelle, ce printemps-là, l'essayage minutieux de sa vaporeuse robe virginale et de tout ce qu'elle cachait, dont elle avait tenu à me faire admirer les différentes pièces, demeure un de mes angéliques enchantements.

J'en ai retrouvé par la suite l'émotion enfantine, sur l'ancien continent, dans les dernières années du règne très catholique de Franco, devant une grande vitrine à Madrid, où se trouvaient exposées douze communiantes au teint de porcelaine, plus ou moins vêtues des couches successives de leur costume, depuis le voile en dentelle d'organdi et la couronne des martyres jusqu'aux plus évocatrices lingeries intimes, fleuries de frous-frous et de rubans, tout cela dans des postures offertes (au Ciel) avec maintes minauderies d'extase. Un genou sur son prie-Dieu noir garni de velours cramoisi, l'autre genou reposant à même le sol dans une torsion des reins gentiment contrainte, mains jointes et visage qui chavire, le gracieux fantôme de Marianne me glisse un trouble regard. Face à mon propre visage mangé par une barbe obscure, qui se reflète à demi transparent dans la vitre, je reste là, rêvant à mon impubère fiancée, à ses yeux faussement candides, à ses sourires enjôleurs, à sa douce lèvre. Si mes souvenirs sont exacts, le sacrifice des douze communiantes figure aujourd'hui dans *Projet pour une révolution à New York* ; quant à l'agenouillement disjoint et cambré, il orne une scène cruelle du film que m'a inspiré *la Sorcière.*

Catherine paraissait à peine plus âgée, avec ses moues d'enfant et son format de statuette, le jour où je l'ai vue pour la première fois. C'était gare de Lyon, à Paris. Elle se tenait dans l'embrasure d'une portière ouverte, à l'entrée d'un wagon en partance vers le Simplon et l'Orient. Je savais que nous devions faire tout ce voyage ensemble, dans des compartiments sans couchettes, voyage long et compliqué qui, en l'absence d'un impossible visa bulgare, devait nous conduire en plusieurs étapes jusqu'à Istanbul, par Zagreb, Belgrade, Skoplje, Salonique et Alexandroupolis. Il y avait donc en haut du marchepied, appartenant à notre groupe fort hétérogène, une jolie petite fille dont j'ignorais encore jusqu'au prénom. Un garçon plus jeune que moi était en train de l'embrasser d'une façon très impudique, debout lui aussi, mais une marche plus bas. L'adolescente se laissait faire avec bonne volonté, mettant même une application visible à rendre les baisers, en fermant les paupières comme il se doit. Belle proie pour un satyre, ai-je pensé, citant Raymond Queneau.

Mais quand elle a rouvert ses grands yeux, dont la couleur est celle de l'océan par les lumineuses journées grises, en Bretagne, brusquement réveillée, insoumise, se dégageant en quelques mots brefs, j'ai bien compris (le message s'adressait-il à moi dont les regards intéressés venaient de croiser le sien ?) que les démonstrations publiques de l'amoureux en titre qui voulait ainsi marquer sa possession jusqu'à la dernière minute, avant les adieux, ne lui plaisaient qu'à moitié : elle avait hâte qu'il s'en aille, qu'on ferme les portes, que le train démarre, comme si elle craignait de se voir retenue à l'ultime instant. J'ai appris bientôt qu'elle sortait de France pour la première fois : c'est l'aventure qui commençait..., notre aventure, sans qu'elle le sache.

Mon passeport déjà chargé de tampons plus ou moins

exotiques me conférait quelque prestige : j'avais été tourneur sur métaux en Bavière, congressiste « démocratique » à Prague, terrassier en Bulgarie, botaniste au Maroc, ingénieur de recherche aux Antilles et en Guinée. Mon âge non plus ne lui déplaisait pas (j'étais le plus vieux du groupe). Mes vêtements, en revanche, ne parlaient guère en ma faveur : c'était l'époque où, sans ressources, je portais volontiers les chemises, poulovers et pantalons mis au rebut par des amis moins à court. J'avais l'air, m'a raconté plus tard Catherine, d'un « étudiant pauvre » (à trente ans !) et ce jugement – très négatif à ses yeux – décrivait, hélas, assez bien ma véritable situation d'alors, dont je ne me souciais aucunement.

Je l'ai troquée ici, maintenant, pour celle de professeur, ce qui, par certains côtés, n'est pas fort différent, je veux dire du point de vue intellectuel : une vie studieuse et recluse. Et les salles de classe des grandes universités, sous l'abri de leur prestige, sont souvent si poussiéreuses que j'ai encore tendance à y faire cours, deux fois par semaine, dans mes tenues les plus défraîchies.

En lisant ce matin les travaux d'automne de mes étudiants avancés, ceux qui obtiendront bientôt leur *Ph.D.* (ne pas prononcer *phidi,* mais *pihétchdi,* « doctorat en philosophie » au nom archaïque assez trompeur, puisque la plupart de ces docteurs sont de purs littéraires aux connaissances philosophiques aussi réduites qu'elles seraient chez nous, sinon plus inexistantes encore), je me vois conduit, par les références citées dans certains devoirs exceptionnels où l'enseignant lui-même apprend beaucoup, à étudier plusieurs textes importants que je ne connais pas, ou pas assez bien, de Heidegger, de Blanchot, Michel Foucault, Deleuze... Et ce n'est pas le moins paradoxal que les « papiers » de mes brillants élèves portent justement sur le présent mémoire sans fond ni origine, peut-être sans fin, dont je suis en train d'écrire le troisième volume que vous lisez en ce moment même, commencé après mon retour sur les bords du Mississipi, à la fin septembre (1988).

Peut-on nommer cela, comme on parle de Nouveau Roman, une Nouvelle Autobiographie, terme qui a déjà rencontré quelque faveur ? Ou bien, de façon plus précise – selon la proposition dûment étayée d'un étudiant – une « autobiographie consciente », c'est-à-dire consciente de sa propre impossibilité constitutive, des fictions qui nécessairement la traversent, des manques et apories qui la minent, des passages réflexifs qui en cassent le mouvement anecdotique, et peut-être en un mot : consciente de son inconscience.

Nous écrivons désormais, joyeux, sur des ruines. Car il ne pourra plus jamais s'agir d'accepter le sommeil du Grand Architecte vaincu, qui se résigne à ne rien offrir au-delà des fragments épars, colonnes rompues, systèmes écroulés, bribes de langage, non plus que de revenir repentants à quelque ensemble rationnel et stable, encore moins de geindre sur ses faillites, mais bien de tisser dorénavant sans relâche, dans la gaieté, dans l'éveil, des structures foisonnantes qui à mesure se dérobent, grillées d'avance à la fois par le canevas dont on aperçoit les fils et par le feu qui les dévore. Cette conscience rieuse est aussi comme la haute mer maltraitant avec tendresse les derniers récifs, sans connaître de repos, palpitante, énigmatique : elle nous berce (en même temps qu'elle nous corrode) entre la répulsion et l'attirance, entre la vigilance et la noyade, entre l'esprit libre et l'oubli, entre le désir et l'horreur.

Voilà ce que m'apprennent mes élèves et leurs lectures. Il faut ainsi que, dès demain, je demande à mon camarade Rybalka l'article un peu ancien de Foucault sur « la pensée du dehors », où il doit préciser le curieux concept de « négligence ». Et il faut encore que... Il me reste tant à faire ! Bien malin, en tout cas, celui qui croit savoir par science dogmatique ce que fait aujourd'hui l'autobiographe, car l'autobiographe le plus lucide ne sait pas ce qu'il fait ; et même, de jour en jour, il sait qu'il ne peut pas le savoir, à moins d'être déjà mort. Encore n'est-ce pas sûr, et de toute manière il serait alors trop tard. Pour travailler, pour combattre, il faut vivre, ce qui revient à dire être transpercé sans cesse par la béance et l'aveuglement.

Je suis donc à Saint Louis, de nouveau, durant le semestre d'automne, qui, pour les professeurs « distingués » ne dure que huit semaines. Et je dois dès la fin novembre, soit dans une dizaine de jours, me rendre – *inch' Allah* ! – en Irak, où la traduction arabe de *Djinn* connaît un bon succès public. Ici, je vis toujours dans le même appartement, vaste et confortable, dont les larges baies donnent sur le même parc aux mêmes couleurs rousses. Seule nouveauté : comme Catherine ne m'a pas accompagné cette fois-ci, estimant avoir épuisé les charmes de la cité qu'illustrèrent Lindbergh et Joséphine Baker, sa chambre héberge à présent une population en pots de plantes épineuses charnues, dites « succulentes », appartenant pour la plupart aux genres *melocactus* et *parodia,* offertes par un aimable spécialiste du Jardin botanique et destinées à rejoindre dès cet hiver leurs cousins moins rares, alignés en bon ordre dans la serre normande où je tente de réaliser mon vieux rêve d'enfant : une collection de cactées.

Dehors, il fait grand vent. Les larges feuilles des platanes, trembles et tulipiers de Virginie ont été presque toutes emportées dans la tourmente, laissant leurs branches nues entre les plus solides frondaisons, plus finement découpées aussi, des chênes d'Amérique et des gommiers à styrax. Desséchées par les froids précoces, les autres courent maintenant au ras du sol sur l'herbe bien tondue, à peine jaunie, comme si c'étaient d'immenses compagnies de cailles ; et elles se rassemblent dans les creux du terrain ou au pied des troncs, pour s'y entasser parfois en un épais matelas frémissant, sans doute provisoire.

De temps à autre, les remous incohérents de la tempête en soulèvent d'un seul coup plusieurs centaines, ou même des milliers, qui s'envolent en tourbillons et débordements fantasques. Elles envahissent alors l'avenue à cinq voies au pied des buildings, entraînées aussitôt en tous sens par les automobiles qui roulent à vive allure dans les deux directions. En ce moment, elles sont si nombreuses à tournoyer au-dessus de la chaussée d'asphalte que les voitures semblent prises dans une bourrasque de neige dorée, dont les flocons seraient plus larges que la main. Tout là-haut, dans le ciel pâle, une grande buse grise plane en se balançant sans bouger les ailes, portée par les courants et les brusques appels d'air, effectuant des boucles, virages à la verticale, volte-face, décrochements subits, sans presque changer de place, pour échapper aux trois corneilles qui l'attaquent à tour de rôle et la chassent progressivement hors de leur territoire.

Il y avait presque une année pleine que je n'avais pas écrit la moindre ligne de mon aventureux document, lui-même emporté dans les remous et les courants contraires. Comme il a déjà été dit, j'ai terminé la dernière page d'*Angélique* le 12 octobre 1987, en Caroline du Nord. Après avoir recopié les ultimes paragraphes dans la journée du 13, j'ai envoyé dès le lendemain toute la fin du livre à Jérôme Lindon, qui possédait déjà le reste. Pendant la nuit du 14 au 15, le parc du Mesnil a été ravagé par un ouragan, jamais vu de mémoire d'homme dans toute la Normandie et la Bretagne, défigurées cette fois en quelques heures. Catherine, qui se trouvait seule là-bas, cernée par l'essaim des djinns secouant les ténèbres, m'a appelé au téléphone quand elle a commencé à entendre l'horrible fracas des arbres qui s'écroulaient tout autour de la vieille demeure. Au matin, dans le calme soudain revenu qui lui avait permis de s'endormir, exténuée par l'angoisse, elle s'est réveillée au milieu du désastre : une trentaine au moins de très gros chênes, charmes, érables divers, frênes géants, gisaient pêle-mêle dans un désordre de cauchemar, branches disloquées, troncs fracassés, souches en l'air, laissant à la place de leurs racines dressées vers le ciel, mutilées et saignantes, des entonnoirs béants semblables à des trous de bombes. Plusieurs tilleuls étaient aussi tombés en travers des pièces d'eau, emportant les berges...

Au désespoir de contempler dans mon imagination lointaine « les beaux arbres déracinés de la nuit » succède très vite pour moi la vision insupportable de ma vaillante petite fille, bon petit soldat de nos communs efforts, ne pouvant contenir ses larmes devant les grands hêtres en pleine force, âgés de cent cinquante ans et plus (j'ai compté les stries du bois quand on a débité les cadavres), dont les soyeux fûts gris perle semblaient solides comme des pattes d'éléphants préhistoriques mesurant trente ou quarante mètres, abattus à présent, arrachés du vieux sol de schiste avec encore tout leur feuillage d'un vert rutilant, brisés sans retour et hideusement enchevêtrés au cœur des taillis et baliveaux qu'ils avaient écrasés dans leur chute.

Juste au bord d'une des principales coulées de l'ouragan, la fragile statue en marbre déjà ombré de mousse, qui représente Angélique se cachant le visage dans un trop sensuel geste de pudeur, avait été par miracle épargnée au plus fort du massacre, ainsi que la fontaine en granit où elle s'apprêtait à prendre son bain. Ses bras relevés, coudes fléchis vers les yeux, paraissent maintenant vouloir protéger ses traits délicats des arbres encore debout qui se penchent sur elle.

J'ai passé dix mois de luttes et d'inquiétudes, à peine coupés par quelques brefs séjours en Hollande, Armor ou Espagne, pour tenter de remettre un début d'ordre dans mon pauvre parc méconnaissable, entretenu avec tant d'amour par Guy, notre jardinier modèle, désolé lui aussi mais toujours plein d'ardeur face à la catastrophe. C'était, disions-nous, comme si la guerre et les bombardements venaient de faire un incompréhensible retour, et je revoyais moi-même la forêt des Pertes après quinze jours de combats, au début de la première guerre mondiale, lorsque Henri de Corinthe la traversait sur son cheval blanc aux sabots silencieux. Aujourd'hui, c'est à la triste palmeraie de Bassora que je pense, en écrivant ces lignes à New York après un séjour sur le Tigre et aux abords du golfe Persique, où, dans des autocars poussiéreux et cahotants remplis de poètes arabes venus de partout, depuis le Yémen jusqu'à la Mauritanie, nous avons traversé pendant des heures les dattiers en ruine, broyés, incendiés, dessouchés, ou mourant peu à peu de sécheresse après la mise hors d'usage des canaux d'irrigation millénaires, au cours de huit années d'un conflit absurde et sanglant.

A mon échelle plus modeste, il m'a donc fallu courir après des entrepreneurs débordés de travail, possédant des machines assez puissantes pour déplacer des tonnes de bois, de terre et de pierraille, ainsi que des ouvriers suffisamment habiles et attentifs pour ne pas causer de nouveaux dégâts irréparables, dans un sol détrempé par les pluies qui s'enfonçait sous les roues à chevrons d'engins trop pesants, dégâts inévitables cependant et qui me rendaient plus malheureux de jour en jour : écrasement de jeunes scions – maigre espoir d'une futaie à venir – ou quelquefois aussi de frêles filardeaux oubliés par la tempête, blessures aux vieux troncs demeurés saufs, formation rapide de bourbiers glaiseux rappelant ceux des tranchées paternelles labourées par les obus, et même, un soir de malchance, entraînement accidentel d'un très haut sycomore, intact jusque-là dans une zone dévastée, le câble trop brutal d'un gros tracteur n'ayant pas réussi à le dégager d'une tête de châtaignier, à demi rompue par le passage du cyclone, restée prise dans ses branches.

Avec obstination, j'ai malgré tout fait redresser une

douzaine de sujets plus ou moins viables, après avoir recreusé une fosse à leur pied (l'énorme motte ne revenant jamais à sa place initiale) et sévèrement émondé la cime, trop sévèrement sans doute pour les fûts qui avaient déjà de beaucoup dépassé le demi-siècle, et qu'il a fallu amputer d'une bonne moitié avant de les ramener lentement à la verticale, avec des tire-fort à bras manœuvrés par deux hommes. A la grâce de Dieu ! J'aurai en tout cas tenté leur sauvetage.

On a vu, j'espère, quelques lignes plus haut, comment nous avons évité de justesse le retour inopiné du lecteur surpris vers la forêt enchantée de Perte-lès-Hurles, quelque part entre Verdun et les Ardennes, en ce mois de novembre 1914 dont il a été longuement question dans le précédent volume de mon rapport. Mais voilà que revient malgré tout le comte Henri, plus obstiné que moi encore, à la faveur de cet aparté inutilement ironique du narrateur.

La scène va se dérouler – nous l'avons laissé pressentir – sur la côte brésilienne, dans l'extrême sud du pays, presque à la frontière de l'Uruguay. Henri de Corinthe vient, pour la troisième fois sinon davantage, de s'installer à la terrasse du café Maximilien, en bordure de mer, afin d'y prendre un *cafézinho* tout en contemplant les jeunes filles en fleur qui jouent au ballon sur la plage (dite par lui Balbec, pour cette raison), comme il a été rapporté ailleurs, je ne sais plus où ni quand.

Surveillant néanmoins les alentours selon son habitude, à l'abri du quotidien *Le Globe* largement déployé en dièdre variable devant son regard, auquel les feuilles imprimées servent à la fois de paravent mobile et d'alibi, l'œil aux aguets débordant sans mal de toute part, il remarque aussitôt non loin de lui, légèrement en arrière, assis solitaire à une autre table (guéridons de tôle perforée déjà décrits à plusieurs reprises), un homme d'une soixantaine d'années ou peut-être un peu moins (il a des cheveux tout blancs, mais en exubérante abondance), portant des lunettes d'acier sur un visage rond, rose vif, qui sourit avec enthousiasme chaque fois qu'exécute une gracieuse cabriole, plus ou moins nécessitée par des passes trompeuses sur un sable censément trop meuble, l'adolescente que ses bruyantes compagnes interpellent à tout moment sous un prénom à consonance bizarrement bretonne : Marianic. A n'en pas douter, le personnage à la chevelure ébouriffée de vieux poète hurluberlu s'intéresse, lui aussi, à la provocante joueuse.

Corinthe à son tour se laisse entraîner par les évolutions de l'élue, qui s'est d'ailleurs rapprochée dans le feu de la partie jusqu'à sauter un bref instant sur le plancher en bois grisâtre, aux lames disjointes et branlantes, où boivent les consommateurs. Ses boucles souples, d'un lumineux blond vénitien qui pourrait être naturel, coiffées (si l'on peut dire) à la sauvageonne, sont taillées assez long pour que leurs ondulations lâches volent en flammèches d'or sous l'ardent soleil matinal, tout autour de son visage de poupée pulpeuse pour adulte, souriante et boudeuse à la fois, tandis que, dans une torsion du buste et des reins, elle tourne brusquement la tête à droite ou à gauche pour saisir au vol le ballon léger, renvoyé bientôt dans une direction qui se voudrait imprévue après quelques rapides simulacres destinés à tromper ses adversaires, et sans doute aussi à séduire ses admirateurs.

« *Schönes Mädchen, nicht war ?* »

Corinthe sursaute, tant la voix est présente, nette, bien que murmurée, juste derrière son épaule. S'irritant un peu d'avoir ainsi laissé paraître sa surprise, il lève le regard sans hâte vers l'importun commentateur : c'est le vieil homme hirsute qui a quitté son siège comme par une lévitation magique et domine maintenant, immobile, l'éventuel rival qu'il considère de façon inquiétante derrière ses étroites lunettes métalliques, son air de savant égaré se transformant ici – vu de si près dans une contre-plongée très forte – en un visage de fou, peut-être dangereux malgré son sourire. Pourquoi, d'ailleurs, lui a-t-il adressé la parole en allemand ? Corinthe hésite à répondre quand même en portugais, pour bien marquer ses distances. Après un silence, il préfère à tout hasard poursuivre le dialogue dans la langue où l'autre l'a engagé :

« Certes, admet-il, une bien jolie fille.

– Ah ! Je suis heureux de vous l'entendre dire ! »

Ayant prononcé cette phrase avec une sorte de jubilation contenue, l'inconnu se lance alors dans un long hennissement, à demi contraint d'abord, dont la hauteur s'élève en une gamme progressive, devenant pour finir une série de petits cris perçants, déments, inexplicables, qui se terminent en un hoquet suraigu. Corinthe, par politesse ou par prudence, remarque cependant avec calme :

« Vous vous intéressez à elle, à ce qu'il semble ?

– Bien entendu ! Vous également, j'imagine », répond l'autre toujours ravi, avant de repartir dans le même ricanement de haute-contre. Mais celui-ci s'arrête soudain et, sans transition, d'une voix qu'on a peine à croire issue de la même gorge tant elle est cette fois basse et mesurée, il ajoute comme en confidence : « Elle s'appelle Marie-Ange. C'est un prénom qui lui va très bien.

– Il m'avait pourtant semblé que les autres filles l'appelaient Marianic, dit Corinthe.

– Marianic est un surnom. Son nom véritable est Marie-Ange.

– Comment le savez-vous ?

– C'est moi qui l'ai baptisée ainsi. »

Pour chuchoter une confession aussi secrète (dirait-on), l'inconnu s'est penché vers l'oreille du comte Henri, qui, afin de se dégager, proclame au contraire avec une vigueur presque agressive :

« Ah bon ! Alors je peux aussi bien la baptiser Angélique ou Carmina ! »

Sensible en tout état de cause à la logique des performatifs, l'homme se redresse. Imitant alors son voisin, toujours assis, qui suit des yeux le ballon rose volant de mains en mains dans les clameurs et les rires, il regarde en silence la mer d'un bleu éclatant, sur laquelle se découpe le ballet des jeunes corps à demi nus. Après une réflexion assez longue, où il essayait l'un après l'autre (du moins l'aurait-on cru) sur la joueuse blonde les prénoms proposés par son confrère, il dit d'un ton rêveur, à moitié pour lui-même :

« Vous pouvez, évidemment, mais ça n'aurait pas le même impact.

– Et pourquoi donc ?

– Moi, je suis son père. »

Est-il vraiment fou ? Ou bien se moque-t-il du monde ?

Corinthe doit renoncer à l'examen immédiat de ce problème, une main sèche, osseuse, gris de fer, attirant à ce moment-là son attention vers sa manche droite, où elle vient de se poser sur l'impeccable lin blanc. Une très vieille négresse, menue et contrefaite, se tient maintenant tout à côté de lui, à peine un peu en arrière, après avoir traversé la terrasse en planches disjointes sans faire le moindre bruit sur ses pieds nus, pendant qu'il concentrait son habituelle vigilance dans deux autres directions : une proie éventuelle et l'improbable géniteur.

Toute courbée, dirait-on, sous le poids de sa dérisoire offrande, elle ne relève pas son visage vers lui, ni seulement les paupières et ne prononce pas une parole tandis qu'elle lui met devant les yeux un éventail d'images en couleur représentant la plage et ses abords, comme en exécutent dans les stations balnéaires du monde entier, munis de leur gros appareil cubique perché sur trois tiges coulissantes, des photographes ambulants plus ou moins professionnels, montrant selon les circonstances plus ou moins d'emphase ou de discrétion, avec toujours l'inlassable espoir de vendre ensuite ces souvenirs aux familles en vacances, qui pourraient par chance reconnaître sur certains instantanés leur propre progéniture jouant dans le sable, ou bien la figure amusante d'un épisodique ami.

Le comte Henri ne veut pas écarter cette quasi-mendiante d'une façon trop brutale, à cause de son âge et de sa demi-infirmité, mais aussi parce qu'elle lui paraît perdue en ces lieux, si différents des baignades publiques qui grouillent à Rio, Salvador de Bahia, Olinda dans le Pernambouc, d'une population confuse où les Noirs comme les pauvres sont infiniment plus nombreux et ostensibles qu'ici, au sud de la rivière Uruguay. La vieille femme en profite pour insister davantage, malgré le désintérêt visible du client. Toujours sans dire un mot (peut-être est-elle muette ?), elle extrait à présent du lot de photographies un cliché d'une qualité acceptable où figure précisément la terrasse du Maximilien.

Un coup d'œil distrait qu'y porte le comte Henri se fige aussitôt en une tension devenue plus ombrageuse, plus hostile. Car c'est lui qui se trouve là, sur cette carte postale, bien reconnaissable dans son élégant costume en toile souple, assis à cette même table et contemplant les baigneuses adolescentes dont le ballon rose vole au-dessus des têtes excitées et des bras agiles qui se tendent. Lui-même, vu de profil, occupe la partie droite du cadrage, presque en premier plan, cependant que plus au fond, du côté gauche, la gracieuse cambrure virevoltée de Marianic-Marie-Ange s'est interrompue à jamais au milieu d'une cabriole, taille déhanchée, jambes ouvertes.

Corinthe sent avec irritation, par-dessus son épaule gauche, les regards perçants du prétendu père qui épient sa propre inspection, probablement déjà trop longue, de la presque compromettante image. Dans un instinctif geste de défense, cette fois sans doute un peu trop vif, il replace celle-ci au sein du paquet, pour faire semblant d'en étudier avec le même soin une plus neutre, plus anonyme. Malheureusement, la suivante le plonge dans un trouble encore accru, et beaucoup plus compréhensible. On l'y voit à présent de dos, assis dans le même fauteuil, tenant devant lui les pages dépliées du *Globe,* ouvert selon son habitude en un large dièdre protecteur ; mais, un peu plus loin entre les tables, arrivant de la plage par la droite (c'est-à-dire le côté du café Rodolphe) et demeurant là debout, appuyé un instant sur sa mince canne brillante, interdit comme s'il apercevait alors avec désagrément sa place favorite déjà prise, un deuxième homme en costume de lin blanc tout à fait identique se présente de trois quarts face...

Et Corinthe ne peut hésiter une seconde sur cette stature et ce visage qui lui appartiennent, ainsi que la chemise en soie, l'étroite cravate gris perle, sa canne d'argent et tout le reste. Le personnage assis, moins nettement identifiable à cause de la position qu'il occupe par rapport à l'objectif, serait donc quelqu'un d'autre ? Mais qui lui ressemblerait comme son propre double... Henri de Corinthe cherche en vain dans sa très récente mémoire (cela fait moins d'une semaine qu'il vient prendre ici son café matinal), où il ne retrouve pas la moindre trace d'une situation trop exceptionnelle pour ne pas s'être gravée profondément dans son esprit. L'attrait des contorsions lascives d'une élue ne pourrait cependant l'avoir étourdi à ce point. Il est, d'autre part, difficile d'imaginer qu'un trucage savant ait été pratiqué (dans quel but ?) sur le négatif, avec une si grande perfection.

Comme pour se débarrasser enfin de la quémandeuse, Corinthe empoche d'un mouvement preste (simulant mal l'impatience) l'étrange « souvenir » absent, qu'il a seulement pris soin de masquer sous une autre photo, anodine celle-ci. Et il donne en échange un billet de cent cruzeiros, qui devait à l'époque représenter dix fois le prix de son acquisition. Sans même remercier d'un mot ou d'un sourire, ni paraître en aucune manière s'être aperçue d'une telle largesse, la vendeuse bossue s'éloigne à travers la terrasse en négligeant toutes les autres tables. Elle était venue exprès pour lui, dirait-on...

« Il ne sera pas fait en vain appel à ta charité ! » prononce au-dessus de sa tête, avec une componction pouvant aussi bien cacher quelque ironie, la voix indiscrète qui cite saint Matthieu dans la langue de Goethe. Ayant voulu répondre par une large mimique évasive exprimant l'insouciance, Corinthe se renverse en arrière, lève le visage vers sa gauche et découvre alors que le vieil homme hirsute regarde ailleurs..., en direction de la négresse difforme qui a déjà fait cinq ou six pas et, soudain miraculeusement détordue, s'est retournée... En un éclair, Corinthe croit surprendre un échange de clin d'œil entre deux complices. Mais cela ne devait être qu'imagination, car, sans se troubler un instant, l'étranger importun, de plus en plus familier, enchaîne sur un ton jovial : « Vous auriez quand même pu choisir le cliché où l'on apercevait ma fille !... Même si vous doutez que cette filiation soit authentique ! »

Atteint ou non de folie fabulante active, remarque le comte Henri désormais sur ses gardes, l'homme du moins tient à cette paternité. La petite en tout cas parle brésilien avec ses amies, sans le moindre accent germanique. D'un autre côté, son teint est en effet celui des Allemands qui peuplent depuis le siècle dernier certaines régions du Rio Grande do Sul, comme surtout le petit Etat de Sainte-Catherine, un peu plus au nord, Frisons vendus autrefois par les villes hanséatiques au duc de Joinville pour coloniser son nouveau domaine. En dépit de ces incertitudes, Corinthe fait mine d'entrer dans le jeu :

« Mais si, je vous crois. Félicitations ! » Son partenaire à transformations s'incline aussitôt avec une raideur mécanique d'officier prussien. Corinthe demande : « Vous êtes allemand ?

– Naturellement ! Mais de Rhénanie. »

L'inutile précision géographique, curieusement précédée d'une conjonction dissociative, semble vouloir récuser les suppositions (pourtant informulées) de son interlocuteur, écarter les froides brumes septentrionales pour la douceur du vignoble. Comme ensuite il se tait, le comte Henri, que la question malgré lui tracasse, reprend d'une voix détachée :

« Vous habitez ici depuis longtemps ?

– Nous sommes venus quand le climat s'est modifié, en Allemagne.

– C'est-à-dire ? Il s'est modifié plusieurs fois depuis quinze ans », insiste Corinthe en continuant de regarder ailleurs.

Changeant à nouveau de registre, et de sujet par la même occasion, le vieil illuminé s'exclame soudainement : « Vous avez vu, là-bas, le cormoran qui vient d'émerger entre deux vagues ! Alors que rien ne révélait jusqu'ici sa présence dans les parages ! Ils peuvent couvrir de très longues distances sous la mer, vous savez, sans remonter à la surface. »

Probablement préfère-t-il ne pas préciser si sa famille a fui l'Allemagne hitlérienne naissante, ou abandonné plus tard le navire nazi qui sombrait. Le cormoran pourrait, dans ce cas, être une allusion transparente aux sous-marins de la Kriegsmarine qui ont déposé récemment sur ces côtes amies, après la chute du Reich, réfugiés politiques, dignitaires du régime et criminels de guerre. Désirant de plus en plus se débarrasser d'un individu aussi suspect que sans gêne, qui s'est à présent installé sur une chaise libre toute proche, sans avoir à la déplacer, comme si c'était déjà la sienne auparavant, Henri de Corinthe cherche une parole offensante qui le forcera bien à partir :

« Votre fille est à vendre ?

– Tout se vend, dans ce pays, mon cher monsieur », répond seulement le personnage à la peau coriace, secoué derechef aussitôt par sa crise d'hilarité haut perchée de hyène hystérique, incompréhensible, exaspérante.

« C'est un objet coûteux ? » interroge Corinthe malgré tout, avec l'air de n'y attacher aucune importance.

« Ça dépend des goûts », dit le père d'un ton évasif.

La réponse, de nouveau, est ambiguë. Elle peut signifier : « Cela dépend de ce que vous estimez cher, dans ce domaine. » Ou bien : « Ça dépend de ce que vous comptez lui faire subir, ou exiger d'elle. » Remettant à plus tard l'éclaircissement de cette question, l'acheteur potentiel demande, mais sans abandonner ses intentions blessantes :

« Puis-je l'admirer toute nue, avant d'en débattre le prix ?

– C'est la moindre des choses en pareil cas... Nous pourrions aller chez vous tout de suite, si vous voulez.

– Pourquoi pas chez vous ?

– Nous n'y serions pas seuls. Et puis, j'habite nettement plus loin. »

Corinthe, tout à coup, flaire le piège. L'inconnu paraît trop bien renseigné sur l'endroit où il loge, ne cherchant même pas à feindre l'ignorance. Supposer qu'un nouvel arrivant est descendu dans un hôtel serait à la rigueur normal ; mais il en existe bien d'autres que le Lutetia, même s'ils ne sont pas tout à fait de la même classe.

Cependant, le comte Henri se dit que sa « suite » personnelle présente pour lui quelques avantages : il s'y sentira moins en danger que dans on ne sait quelle villa isolée, au fond d'un quartier perdu. Situé dans une zone très passante sur la grande place pavée de galets noirs et blancs, formant des sinusoïdes géométriques à l'ombre d'immenses pins du Paraná (qui sont des araucarias, en réalité), l'hôtel Lutetia, en dépit de ses portes à tambour assez étroites, est ouvert à tous les passants. Des quantités de gens y pénètrent sans cesse, autochtones ou touristes, pour y boire une *batida*, prendre le thé, rencontrer des amis, ou seulement explorer les lieux. Le nombreux personnel qui circule à travers les halls surchargés d'une décoration pompeuse, les bars obscurs, les salons de toute taille, semble avoir mieux à faire que d'y surveiller les allées et venues des clients ou des visiteurs, même quand ils montent vers les chambres. Corinthe en a déjà fait l'expérience.

Mais, ce qui le décide à suivre ce programme compromettant établi par l'Allemand aux cheveux candides, marchand de chair fraîche et sans doute occupé aussi à d'autres besognes moins avouables, c'est l'arrivée (incroyablement rapide) de l'adolescente dorée à point, appelée sans perdre une minute par quelque signe convenu d'avance, si discret qu'il n'a été perceptible pour personne en dehors d'elle, dont l'attention était donc à l'insu de tous (ou bien ses innocentes compagnes seraient-elles complices et offertes aussi sur le marché ?), en tout cas sans jamais le laisser paraître, dirigée en permanence vers son prétendu papa, père putatif, entremetteur, géniteur réel, père légal, père abusif, ou tout ce que vous voudrez. Elle s'approche en baissant les yeux – ce qui ne peut qu'émouvoir l'amateur de petites filles obéissantes – dans une fugitive ondulation des hanches qui la fait danser légèrement sur ses pieds nus, tenant à la main par leur lanière de cuir deux souliers menus à très haut talon en aiguille, aussi incompatible que possible avec son maillot de bain débraillé, le sable profond des plages et la terrasse à claire-voie.

Dans un éclair de mémoire, insaisissable et peut-être imaginaire, Corinthe ressent l'impression très vive d'avoir déjà vu ailleurs ces élégantes chaussures de bal, dont l'empeigne est recouverte entièrement de paillettes bleues métallisées. Sur le chevreau blanc qui garnit l'intérieur de la semelle et du contrefort, il y a une tache de sang frais, rouge vif. Corinthe calcule en toute hâte qu'il s'agit du soulier gauche, et cela lui paraît très important, mais il ne sait pas pourquoi. Et voilà que l'image ancienne, à peine entrevue, en dix secondes s'évapore, avant qu'il ait pu la fixer ni comprendre à quel temps, à quel lieu, à quelle danseuse lasse ou à quel oiseau blessé se rapporterait un tel souvenir.

Cet hôtel Lutetia d'Heropolis, dernière station balnéaire avant la frontière uruguayenne (marécageuse et infestée de malaria), est une réplique étonnamment exacte, malgré des dimensions un peu plus réduites, du majestueux immeuble parisien qui porte le même nom, à l'angle en pan coupé que forme le boulevard Raspail avec la rue de Sèvres. (Ou bien est-ce la rue de Babylone ?) Henri de Corinthe a dû y pénétrer à maintes reprises, dans des circonstances diverses et mal définies, alors que des services de l'armée d'occupation y étaient installés, pendant la guerre. Et c'est là aussi que, vingt ans plus tard, je rendais visite à Tatiana Grosman, merveilleuse dame russe sans corps ni âge qui avait fui la révolution bolcheviste en 1917, le Berlin national-socialiste en 1933, la France envahie en 1940, pour s'embarquer enfin à Barcelone sur le navire de la dernière chance, dont les flancs transportaient vers Philadelphie une pleine cargaison de réfugiés juifs venus de toute l'Europe.

Ayant échoué un peu au hasard dans une modeste maison en bois de Long Island (près de Babylon, une fois encore !), elle avait imaginé, pour survivre, d'y installer un atelier de lithographie sur vraie pierre, bientôt de grand renom, où j'ai travaillé moi-même avec Robert Rauschenberg à un récit dialogué, fait d'images et d'écriture manuelle tissées ensemble, qui a pour titre *Traces suspectes en surface,* dont Tatiana et ses « garçons » – cinq ou six géants blonds, contrastant fort avec la fragile exiguïté de la dame, qui manœuvraient les presses à bras, manipulaient les pesants blocs de calcaire poli, tiraient épreuves sur épreuves, rectifiaient les couleurs, modifiaient des encrages, etc. – ont réalisé pour finir trente-huit exemplaires somptueux, malheureusement hors de prix, chaque page de chacun d'eux portant les signatures autographes du peintre et de l'écrivain.

Elfe désincarné, appartenant à une époque révolue, Tania, disparue aujourd'hui à son tour (une salle du Museum of Modern Art porte maintenant son nom), s'arrêtait toujours à Paris quand elle traversait l'Atlantique pour aller suivre sa cure thermale, imprescriptiblement vouée à une station fantôme, prestigieuse dans son enfance, sous les Habsbourg, qu'elle s'obstinait à nommer Marienbad. Le Lutétia, au passage, était comme un avant-goût de cet autre monde.

Un peu plus haut sur le boulevard Raspail, à droite en montant vers la rue de Rennes, il y avait aussi à la fin des années 40 (et jusqu'au milieu des années 50) une Librairie Lutétia, tenue par un homme long et maigre aux grands yeux mystiques qui s'appelait Gérard Macrez. C'est à cet endroit, surtout, que le nom de l'hôtel d'Heropolis me fait aujourd'hui penser. Je travaillais alors à l'Institut de la statistique et j'habitais à nouveau chez mes parents, depuis mon retour d'Allemagne, dans le petit appartement de la rue Gassendi où j'ai passé toute ma jeunesse. (Ma sœur Anne-Lise avait déjà quitté le repaire du clan, vivant désormais aux laboratoires de Bois-Boudran, en Seine-et-Marne, où j'allais bientôt la rejoindre afin d'y écrire mon *Régicide.*) Traverser le cimetière pour descendre à pied vers Vavin et Montparnasse, comme dans mon enfance, constituait la promenade habituelle ; Tschann, puis Gérard Macrez étaient donc mes libraires.

C'était l'époque où j'achetais beaucoup de livres, généralement pour les lire, en tout cas pour les recouvrir de papier cristal avec un soin méticuleux, après en avoir restauré pendant des heures les couvertures défraîchies au moyen de gommes diverses, colle, papier à cigarette, lames de rasoir, etc. La substance particulière, dite en réalité « gomme-savon », que recherche Wallas dans toutes les papeteries, à travers sa cité nordique coupée de canaux et hantée par le spectre d'*Œdipe-roi,* est seulement celle dont je me servais pour effacer les taches sur la fragile robe blanche – ou plutôt légèrement crémeuse – des éditions Gallimard, sans en altérer la surface lisse.

Macrez avait lui-même de son métier une conception

très personnelle. Il n'aimait pas les livres à succès, évitait d'en encombrer sa boutique et n'avait de cesse qu'il ait vendu à la place, au client venu par mégarde pour en acquérir un, Goncourt ou Fémina, quelque ouvrage estimé plus important par lui, finissant même par dire à l'amateur têtu : « Tenez ! Je préfère vous donner celui-ci pour rien, plutôt que de vous voir acheter quelque chose d'aussi médiocre. » Et cela, même s'il possédait le titre demandé dans ses rayons. Le magasin était à l'ancienne mode, agréable et secret, bourré de volumes à la poussière immémoriale, mais avait perdu peu à peu toute sa clientèle. Dès que quelqu'un s'y aventurait encore, Macrez, qui décidait aussitôt quel livre précis celui-là devait emporter en s'en allant, se dirigeait vers lui avec son sourire perdu, sa voix très douce, ses cheveux gris auréolant son visage de prophète, tenant déjà l'exemplaire choisi entre ses mains longues et transparentes. C'est ainsi qu'il m'a fait connaître, entre autres, les rêves diurnes de Joë Bousquet, la revue des *Quatre-Vents* et mon Kierkegaard préféré, le *Journal du séducteur,* dans la jolie édition du Cabinet cosmopolite.

Un autre habitué des lieux tenait bon, lui aussi, le très jeune Jean-Clarence Lambert, qui est ensuite devenu poète, critique d'art et spécialiste de la littérature suédoise. Pour nous récompenser d'une fidélité si méritoire, et aussi – j'imagine – pour nous habituer à recevoir gratuitement les livres de production courante qu'il ne s'abaissait pas à vendre, Macrez avait fondé un prix littéraire mensuel, qui s'appelait je crois Prix du Cercle critique. Il nous a évidemment fait entrer tous les deux – ses deux seuls clients – au sein du jury, en compagnie de chroniqueurs connus qui s'entassaient dans son étroit sous-sol. Je me rappelle qu'il y avait là Maurice Nadeau, André Bourin, Claude-Edmonde Magny, Kléber Haedens, sans doute aussi Robert Kanters et Jean Blanzat, ainsi que le trio fort disparate des Dominique A. : Aury, Arban et Aubier, qui était la plus belle des trois, mais cependant la moins célèbre.

Je me suis donc vu nommer juge avant d'avoir moi-même écrit un seul roman, ni le moindre essai sur la littérature. Dans le domaine, ensuite, du cinéma, ma carrière de juré a également été dès le départ beaucoup plus brillante que ma carrière de lauréat : à Cannes, Venise, Hyères, Rio de Janeiro, Téhéran, Avoriaz, Bruxelles, etc., j'ai distribué au cours des ans infiniment plus de récompenses que je n'en aurai reçu. Macrez ne faisait en somme qu'inaugurer une longue habitude ; et quand je lui ai fait lire, un peu plus tard, le début de mon œuvre personnelle, il ne m'a guère encouragé, lui non plus, à poursuivre mes travaux.

Mais je me demande en écrivant ces lignes – l'idée ne m'en était pas venue auparavant – si ça ne serait pas chez lui malgré tout, dans son repaire bourré de livres sans public, de « services de presse » encombrants et de critiques littéraires plus ou moins obsolètes, que serait née ma vocation de romancier pervers. En tout cas, c'est très naturellement à l'une de mes collègues les plus sensibles, Dominique Aury, que j'ai porté mon premier manuscrit dès son achèvement, avant de partir vers l'Afrique occidentale, la Martinique, les bananiers en péril.

A cause d'ennuis assez graves de santé, dus au climat tropical et à l'insuffisance des précautions – alimentaires ou autres – que j'y avais prises, j'ai regagné la France plus tôt que prévu. C'est sur un vieux paquebot mixte, qui mettait presque trois semaines pour venir de la Pointe-à-Pitre jusqu'au Havre (les navires bananiers étaient beaucoup plus rapides), que j'ai commencé la rédaction des *Gommes.* Ayant réintégré avec toujours la même confiance le nid familial parisien, avant d'aller à Brest vers le vieux sol battu par l'océan afin de m'y retaper un peu tout en poursuivant mes travaux d'écriture, j'ai voulu savoir ce qu'était devenu *Un régicide* après le refus de Gallimard, dont j'ai déjà parlé ailleurs. En mon absence, Dominique Aury avait passé le manuscrit à Georges Lambrichs qui était, aux Editions de Minuit, le conseiller littéraire de Lindon.

Minuit était encore, en cette année 1950, installé sur le boulevard Saint-Germain dans l'ancienne librairie de propagande italienne, que Vercors avait réquisitionnée après la Libération. En dehors de la boutique elle-même avec sa grande vitrine, presque au carrefour Saint-Michel, les locaux étaient exigus et contournés, du moins dans mon souvenir ; ils donnaient l'impression d'un campement malcommode, provisoire. On pouvait y accéder aussi par une porte cochère du boulevard Saint-Michel, en empruntant une série de passages voûtés, cours intérieures et couloirs étroits. Ce système de double issue rappelait la clandestinité originelle de la maison.

Lambrichs m'y a reçu avec cette gentillesse souriante, et comme perpétuellement égarée, que je lui ai toujours connue par la suite. Je n'avais pas pris de rendez-vous. Quand j'ai parlé de mon manuscrit, il s'est mis sans s'émouvoir à fouiller – on aurait dit au petit bonheur –

dans les piles croulantes qui occupaient toute la surface de sa table. A ma grande surprise, ainsi que peut-être à la sienne, il a fini par en extraire mon *Régicide* (j'avais indiqué la couleur bleu pâle de sa couverture), qui devait se trouver là depuis près d'un an. L'ayant à nouveau feuilleté de façon rapide, il a entrepris de m'en faire des compliments, mais vagues et entortillés, comme j'ai appris plus tard à en fournir lorsque, jouant à mon tour ce même rôle, rue Bernard-Palissy, il me fallait entretenir un apprenti romancier de son travail, dont je conservais seulement des souvenirs trop incertains, sinon inexistants.

De Georges Lambrichs, à la place duquel je me trouvais donc désormais, j'avais aussi hérité la déplorable habitude de conserver les manuscrits intéressants beaucoup plus longtemps que les autres, sans en donner aucune nouvelle à l'auteur, n'ayant le plus souvent pas eu le loisir de les lire jusqu'au bout et laissant au besoin ce premier choix prendre de la bouteille dans un placard, où je rendais visite ensuite à l'un ou l'autre, si j'avais un moment de liberté. Jérôme Lindon s'est longtemps accommodé de cette soucieuse négligence, qu'on pourrait aussi nommer mon insouciante attention... N'avait-il pas reçu, encore inédites, les œuvres quasi complètes de Samuel Beckett, alors que celles-ci venaient d'être refusées en quelques mois par tous les autres éditeurs parisiens (sans parler de Dublin ou de Londres) ? Nous estimions ainsi qu'il n'y avait aucune urgence : un livre vraiment fort, neuf, écrit par un inconnu, dérangerait trop les comités de lecture et ne paraîtrait donc pas ailleurs. On pouvait dire, comme dans *Fin de partie* : s'il existe, il viendra ici !

Aujourd'hui, Jérôme pense que le monde a changé, pris dans une course à la nouveauté, à l'immédiat, à la photocopie multiple, aux rapides succès de vente, et qu'il faut maintenant lire les manuscrits dès leur arrivée, puis les renvoyer le plus vite possible pour éviter l'engorgement. Je ne suis pas sûr qu'il ait raison. Mais l'affaire ne me concerne plus, depuis déjà quelques années. En tout cas, je me souviens que l'attitude rêveuse de Georges Lambrichs devant la tâche qui lui incombait – à la suite de quelle hasardeuse rencontre ? – ne m'avait paru condamnable en aucune manière : tant de jeunes espoirs s'entassaient sur son bureau, qui, pour la plupart, seraient en fin de compte déçus ! Et, s'il se trouvait là-dedans un chef-d'œuvre, que perdait-il à y demeurer quelques mois de plus en attente ? Personnellement, l'impatience d'une publication précoce ne m'obsédait pas.

Quand Georges m'a parlé de lui laisser mon texte encore quelque temps (voulait-il le lire enfin d'un bout à l'autre ?), c'est moi qui ai préféré le reprendre : j'étais en train d'écrire un second livre, dont je pensais qu'il emporterait davantage l'adhésion, grâce à son intrigue policière moins brumeuse, mieux jalonnée par des repères matériels, bien que semblablement instable et détraquée, hantée en filigrane par un autre crime, plus ancien... Je faisais la promesse d'en apporter l'amicale primeur à Minuit.

Cependant, j'avais trouvé Georges Lambrichs tout à fait sympathique, ouvert, d'une cordialité non feinte, dépourvu de la moindre morgue à l'égard d'un débutant sans références ni relations ; bien que les jeunes auteurs édités sous ses auspices, dont il vantait les mérites en termes évasifs et sinueux, me parussent sans grand intérêt (je veux dire : du point de vue auquel me plaçaient mes propres efforts ou mon instinctive filiation naturelle), je suis retourné le voir de temps à autre, tandis que je m'acharnais dans mon lent labeur, coupé déjà de paralysies subites et d'errances.

Une bande d'amis l'entourait, dans la boutique de Minuit ou à la brasserie Lipp : Brenner, Bisiaux, Kern, Auclair, Solier, d'autres encore. La plupart avaient publié quelques brefs romans, où ils se montraient volontiers psychologues et moralistes, recherchant des effets de style du genre précieux sous une simplicité à clins d'œil. De Paulhan qu'ils vénéraient, c'est seulement les afféteries, maniérismes et pirouettes qui passaient dans leur écriture. Ils aimaient Gide ; moi aussi, mais de toute évidence ça n'était pas le même. Et ils adoraient Jouhandeau, Chardonne, Martin du Gard ou pire encore. Ayant certes moins de pouvoir que Georges, beaucoup d'entre eux montraient aussi plus de suffisance. Le seul véritable écrivain aurait peut-être été René de Solier, mais il s'efforçait d'apparaître en même temps comme le plus haïssable, voire physiquement ignoble, et il y parvenait assez bien.

Leur passe-temps favori était de fonder ensemble des revues littéraires, aussi éphémères que confidentielles. J'en ai connu trois au moins : *84* (Lambrichs habitait au 84 du boulevard Raspail *, c'est-à-dire quelques maisons plus haut que la librairie Lutétia), *le Disque vert,* les *Cahiers des saisons,* qui avaient en commun leurs sommai-

* L'adresse de Georges Lambrichs est exacte, mais – me dit Jérôme – il s'agissait seulement d'une coïncidence. Le titre de la revue provenait en fait du domicile de Marcel Bisiaux : 84, rue Saint-Louis-en-l'Ile.

res d'un tel éclectisme qu'aucune ligne, même imprécise, ne se dégageait jamais de la conjonction des textes ; et l'on se demandait quels caractères convergents avaient pu conduire à leur assemblage, mise à part une contagieuse légèreté aux confins de l'atonie. Il n'était pas question, évidemment, de diffuser ce genre de fascicules, sinon en les distribuant aux amis et connaissances. Tenir en main le dernier né, tout frais sorti des presses, paraissait d'ailleurs suffire au bonheur complet des participants. Bientôt, l'organisation d'un éventuel numéro suivant donnait lieu (pour la revue *84,* ça se passait dans le bureau de Georges) à de nouvelles réunions, nouveaux palabres, disputes, enthousiasmes, négociations, brouilles mortelles de trois jours, et, après liquidation, amertume finale jusqu'au lancement du prochain titre.

De temps à autre faisait irruption dans la pièce, descendu – me semblait-il – d'un autre monde par le mystérieux dédale des escaliers dérobés et des couloirs, un jeune homme très maigre à la physionomie sévère, membres longs et longue figure. Ses yeux, déjà peu distants l'un de l'autre, se trouvaient encore rapprochés par un froncement fixe de sourcils. Ses joues étaient si creuses qu'on les devinait aspirées de l'intérieur (il le faisait exprès, m'a-t-il avoué plus tard avec bonne humeur, pour avoir l'air plus effrayant). Ses lèvres minces, où ne se dessinait nulle ombre de sourire, semblaient closes et immobiles pour l'éternité.

Il ne prononçait pas un mot. Les autres brusquement s'étaient tus, tels des potaches à l'apparition du surveillant général. Ils ne bougeaient plus. Ils regardaient dans le vide, visages absents, droit devant eux, comme s'il n'y avait eu là personne de visible. Dans le total silence, l'intrus exécutait une manœuvre rapide : il allait, en deux grandes enjambées, jusqu'à la table surchargée de textes en souffrance, derrière laquelle Georges Lambrichs demeurait à présent figé, lui aussi, prenait un manuscrit sur une pile, ou bien en déposait là un autre qu'il tenait sous son bras en arrivant. Lui non plus ne voyait personne : on l'eût dit entré en coup de vent dans une chambre désaffectée, servant de débarras.

L'intermède, d'ailleurs, ne durait pas longtemps : six secondes plus tard, le spectre véloce avait effectué sa sortie. Les gestes alors s'achevaient, les paroles interrompues reprenaient soudain leur cours. Un ange était passé... La première fois que cette scène troublante s'est déroulée en ma présence, j'ai demandé avec quelque lourdeur d'où sortait ce personnage, visiblement extérieur au groupe, qui cependant paraissait être là chez lui et s'occuper des mêmes affaires. Georges s'est mis à rire, dans l'atmosphère à nouveau détendue, et il m'a dit qu'en effet je venais d'apercevoir le directeur général de la maison d'édition. Comme, m'étonnant davantage, je remarquais le froid inamical provoqué par sa présence, une hilarité générale m'a cette fois répondu, sans autre commentaire.

Non, certes, aucune amitié n'était perceptible entre Jérôme Lindon et les plus ou moins jeunes auteurs dont il publiait les épisodiques revues, et parfois aussi les romans. Tous observaient à son égard une attitude assez répandue chez les prétendus intellectuels : la maison lui appartenait, c'était donc un homme d'argent, qui, par définition, ne pouvait rien entendre à la littérature. On devait même s'interdire d'en parler avec lui : son rôle se limitait au paiement des frais de fabrication, afin que les purs écrivains puissent jouir de voir leur inestimable prose imprimée. Et, bien entendu, on accusait le payeur de pingrerie. Dans le cercle des réalisateurs de films, où je suis entré dix ans plus tard, j'ai souvent retrouvé ce même ostracisme : le producteur, c'est, par nature et par fonction, l'ennemi principal. Plus on gaspillera son argent, mieux on affirmera contre lui son propre génie, qui a tant besoin d'être conforté.

Jérôme, de son côté, ne tentait rien pour se faire aimer dans ce petit monde ; sans doute aurait-il même allègrement supporté d'y être haï. Esprit aigu à l'image de ses traits physiques, rigoureux, dominateur, volontiers solitaire, méfiant à l'extrême, n'aimant à partager avec autrui ni ses responsabilités ni son pouvoir, il ne lui déplaisait pas de faire régner autour de lui un climat de crainte diffuse, même après avoir remercié les collaborateurs trop foncièrement hostiles de ses débuts. Il préférait que chacun restât sur ses gardes.

Je me souviens aujourd'hui, à ce propos, d'une petite histoire humoristique qui le transportait d'aise, mais que j'hésitais moi-même à trouver drôle, contrairement à toutes les précédentes ou suivantes dont il a été une inépuisable source durant la première décennie de notre longue amitié, histoires appartenant en général au folklore juif, racontées par lui avec un talent jubilatoire à chacune de nos rencontres et qui nous ravissaient autant l'un que l'autre. Celle qui ne me faisait pas rire était la suivante :

Un père habitue son jeune fils à sauter dans le vide en face de lui, et le reçoit dans ses bras sans que l'enfant se fasse le moindre mal. Progressivement, la hauteur augmente : le dessus de l'armoire, une branche d'arbre, un rocher abrupt. Si sa progéniture hésite un instant, l'homme lui répète de sauter en toute confiance : il ne risque rien, puisque les bras paternels seront là pour l'accueillir. Enfin, le garçon saute dans la cour depuis le deuxième étage de la maison, s'écrase sur le ciment et se casse les deux jambes. Le père, qui s'est retiré à la dernière seconde en se croisant les bras, lui dit alors : « Que cela, mon fils, te serve de leçon : il ne faut jamais faire confiance à personne. »

Cependant, le Jérôme Lindon découvert avec une joie étonnée pendant l'automne 1952, lorsque j'ai enfin fait sa connaissance, était le contraire même du contempteur glaçant et glacé aperçu auparavant à plusieurs reprises dans le bureau de Lambrichs. Vivant, drôle, joueur, d'une intelligence agile et passionné de littérature, il m'a tout de suite fait penser que l'humour juif (en dehors peut-être de certains sujets spéciaux) devait avoir beaucoup de points communs avec l'humour celte, sans doute moins célèbre. Et j'ai su aussitôt que nous étions faits, lui et moi, pour nous entendre : mes projets d'écriture l'intéressaient de façon évidente, alors qu'ils rencontraient si peu d'écho parmi les amis de Georges. Samuel Beckett, deux ans plus tôt, s'était d'ailleurs trouvé dans une situation comparable à la mienne.

J'avais donc, comme promis à mon retour des Antilles, apporté le manuscrit des *Gommes* aux Editions de Minuit (où *Molloy,* puis *Malone* venaient de paraître). Lambrichs, après en avoir parcouru quelques pages, dit son impression très favorable et abandonne l'ensemble à Jérôme Lindon, qui le lit d'un bout à l'autre en une matinée dans le plus grand enthousiasme. Me remémorant la scène où le directeur redouté m'a reçu, exprimé son accord chaleureux, proposé un contrat sans plus attendre, j'en revois avec précision certains détails matériels, dont on peut certes contester le caractère capital, ou seulement notable : cette couverture bleu pâle du *Régicide,* à laquelle j'ai fait allusion plus haut, me paraît à présent être une erreur.

Le texte de mon premier roman avait été tapé à la machine par ma mère, sur les feuillets courants du format commercial, rassemblés sans agrafage dans une chemise en papier plus fort, probablement jaunâtre. Il serait facile de le vérifier, si je n'habitais pas à New York pour encore cinq semaines (Catherine m'y rejoint demain), bien loin de mes archives normandes, classées avec méthode par Rybalka dans des cartonnages dûment étiquetés. Néanmoins, je suis à peu près sûr, aujourd'hui, de ma confusion initiale : c'est le manuscrit des *Gommes,* confectionné par des secrétaires au bureau de papa, dont les pages dactylographiées se trouvaient sommairement reliées ensemble entre deux feuilles de carton mou – d'une couleur azur, vite ternie à la lumière – par un étroit dos collé en toile cirée noire...

« Quelle importance, tout ça, quelle importance ? » répétait le vieux roi Boris, peu avant son exécution. Je lui réponds ici : bien malin celui qui pourra dire, fût-ce au seuil des Enfers, comment les choses seront pesées, comptées, partagées... Et par quelle instance... Le prologue de mon livre à la couverture passée, ses cinq chapitres (les cinq actes du théâtre grec), et enfin l'épilogue se trouvaient répartis en deux volumes, dont il existait trois exemplaires : un original machine et deux doubles au papier carbone. J'en ai conservé un. Le second, sur ma demande, a été remis à Raymond Queneau par son camarade Jean Piel ; je n'en ai jamais eu de nouvelles.

Le troisième est celui qui je suis en train de feuilleter avec Jérôme, dans son bureau d'alors, pour quelques rares corrections de détail, virgules ou accents, notés par lui lors de sa lecture. La ponctuation donne lieu à des discussions précises, car je tiens en général à la mienne. Je sacrifie en revanche à mon nouvel ami les quatre mots « comme dans un moulin », qui se rapportaient à l'aisance fort peu vraisemblable avec laquelle les assassins successifs de Dupont-Laïus pénétraient dans l'hôtel (particulier) de celui-ci, rue des Arpenteurs, plaisanterie d'ailleurs totalement indéchiffrable dont j'ai oublié moi-même l'origine.

Mais voilà qu'une fois de plus, sans raison perceptible, l'Allemand hirsute aux lunettes d'acier se laisse entraîner dans son long hennissement de hyène, qui s'élève crescendo jusqu'au strident contre-ut final, où il s'interrompt d'un seul coup.

« L'hôtel Lutetia sera commode, dit-il : on y entre et sort à sa guise, toute la journée, en n'importe quelle tenue.

– Comme dans un moulin », acquiesce en écho le comte Henri, pensant à autre chose.

Et, aussitôt après, ils se trouvent tous les trois dans le salon d'un luxueux appartement du second étage, Corinthe assis sur son siège préféré, confortable bien que sans mollesse, le marchand d'esclaves debout près de lui, regardant l'un et l'autre Marie-Ange, debout elle aussi mais cette fois entièrement nue, ses hanches bien marquées ondulant à peine sur place comme si c'était pour se maintenir en équilibre, un seul de ses pieds nus foulant à plat l'épais tapis indien, tandis que l'autre, à demi soulevé sur sa pointe, s'écarte un peu de côté en une légère ouverture des cuisses, le genou s'arrondissant pour revenir vers l'autre jambe dans un gracieux mouvement de gêne enfantine feinte, les yeux baissés devant l'acheteur.

Un délicieux tableau pompier de la fin du dernier siècle, dû je crois au pinceau d'Auguste Manneret, frère aîné d'Edouard, a – par convention académique – représenté la scène dans un tout autre décor : une terrasse, à la tombée du jour, entre des colonnes corinthiennes autour desquelles s'enlacent pampres et roses. Au centre du cercle formé par les trois personnages gisent à l'abandon des chaussures féminines bleu de nuit, tachées d'un inexplicable sang frais qui a jailli – gouttes vermeilles – à l'intérieur d'une doublure en chevreau blond et tout alentour, sur le dallage de marbre blanc où veille, laissant entrevoir ses crocs, une splendide chienne rousse, couchée aux pieds de son maître.

Celui-ci, qui s'est accoudé à l'un des bras du fauteuil raide, le menton reposant sur son poing fermé dans une attitude méditative, ou distraite, ou ombrageuse, fixe le fin soulier de bal et sa marque sanglante durant un laps de temps anormalement long, comme s'il considérait en fin de compte tout autre chose, bien au-delà. En face de lui, ne sachant que faire de ses bras aux courbes tendres (dont les sports de plein air n'ont pas encore gâté la délicatesse), l'adolescente les a relevés vers son visage, coudes inégalement fléchis, geste censé lui consentir un ultime refuge pour y cacher sa pudeur offerte en spectacle, inventoriée, promise à l'imminent sacrifice. L'ensemble de la pose reproduit avec précision celle où le sculpteur a immobilisé la Belle Angélique devant la fontaine du Mesnil. Corinthe ramène lentement les yeux vers elle.

Ici prendrait place une description érotisée ordinaire de la jeune Allemande : chairs dodues, petits seins bien ronds, taille beaucoup mieux marquée qu'on ne la voit en général aux filles de son âge, peau laiteuse et lisse en dépit des jeux fréquents au grand soleil, triangle discret de la toison rousse, etc. Insistance habituelle sur les charmes intimes, abus des adjectifs interdits, cruauté latente.

Corinthe lui fait signe de s'approcher davantage. Elle s'exécute sans vain délai. Gentiment soumise, elle obéit ensuite aux moindres indications de son examinateur et se laisse contempler ainsi sous divers angles, dans diverses postures, de plus en plus près. Il la caresse distraitement. Elle s'ouvre d'elle-même avec complaisance, naturelle comme une fleur sauvage, tout son jeune corps parcouru d'un perceptible frisson sensuel, tandis que les reins se cambrent, que les bras commencent à s'étirer en arche autour des cheveux d'or fauve, que la bouche elle aussi se disjoint progressivement, sur un bout de langue rose qu'on entrevoit entre deux lignes de petites dents bien rangées, carnassières, étincelantes... Corinthe se demande s'il ne doit pas regretter les mouvements plus maladroits, moins prévenants, des véritables débutantes, tout juste nubiles et chaque fois violentées. Celle-ci fond dès les premiers attouchements d'un inconnu... Mais il saura bien, dans le secret du lit, provoquer sa révolte et ses pleurs...

« Elle semble précoce, dit-il avec une nuance de reproche.

– Le climat ! » rétorque l'improbable père laconiquement.

Corinthe, cependant, qui a poursuivi ses explorations, insiste sur le caractère déjà rodé de l'article qu'on lui propose :

« Et elle n'est plus vierge.

– Franchement, ça ne m'étonne qu'à moitié ! » lui répond l'autre, dont le sourire s'élargit.

L'aurait-il lui-même déflorée, instruite des positions et complaisances, éveillée au plaisir ? Corinthe, qui s'est ému à la douceur des muqueuses humides, vite ruisselantes, voit avec irritation poindre l'esclaffement aux vocalises de fausset, quand, toujours imprévisible, l'Allemand change de sujet pour demander au contraire avec une gravité soudaine :

« Vous avez l'intention de l'épouser ?

– Non ! » lui jette sèchement le comte Henri, sans interrompre ses caresses profondes, devenues plus attentives.

« C'est regrettable, dit le père, mais je le craignais... De toute manière, avec ou sans les sacrements de l'Eglise, vous ne pourrez être qu'un gentleman.

– Qu'en savez-vous ? »

Bien que la fille lui plaise infiniment, traversée depuis le ventre jusqu'à la gorge par une lente houle naissante, mais l'axe de son corps demeurant en place comme si elle se trouvait maintenue par des liens contre un pilier de torture, Corinthe éprouve une croissante mauvaise humeur, de l'agacement, de la méfiance, et même une sorte d'inquiétude dont il s'explique mal les raisons. Et voilà que tout à coup, abandonnant sa langue natale dans laquelle se poursuivait depuis le début leur dialogue, l'Allemand prononce en un français parfait, presque sans accent :

« Un officier de cavalerie ne peut être qu'un homme d'honneur, colonel de Corinthe. »

Celui-ci, comme sous l'effet d'une brûlure, a retiré ses doigts d'un geste brusque, sans doute intentionnellement brutal. La petite pousse un faible cri involontaire, bien imité, referme les cuisses et porte une main timide à son sexe meurtri. Corinthe dévisage en silence le personnage aux lunettes de fer, désormais impassible, sur la figure duquel s'est figé un rictus amusé, désagréable, provocant, dangereux. Puis, au bout d'un temps assez long :

« Ça n'est pas ce nom, dit-il, qui figure dans les registres de l'hôtel, ni d'ailleurs sur mon passeport. Auriez-vous le don de seconde vue ?

– Avant les événements, j'occupais la chaire de parapsychologie à l'université d'Heidelberg », explique l'espion vendeur de chair fraîche avec le plus grand sérieux. Et il ajoute aussitôt, dans une raide inclination académique : « Professeur Van de Reeves, pour vous servir.

– Comte Henri de Corinthe », répond machinalement notre héros démasqué, qui s'est levé pour rendre le salut.

Puis, réfléchissant à cet élément nouveau de sa situation, il s'approche de la grande fenêtre. Sous le plus proche pin du Paraná, juste en face de l'hôtel, dans l'ombre des branches horizontales qui disposent en une géométrie parfaite, autour du fût rectiligne, leurs rameaux à la structure exactement symétrique faits d'écailles imbriquées, il y a deux hommes immobiles, des métis au teint clair portant pantalons blancs et chemises blanches, leurs visages dissimulés en grande partie derrière de très grosses lunettes noires. Lorsqu'il s'est approché des vitres, closes pour empêcher la chaleur du dehors d'envahir la pièce, Corinthe a eu l'impression de les voir abaisser leurs têtes avec ensemble, levées à ce moment-là vers l'encorbellement de pierre sculptée, bien reconnaissable à l'extérieur, qui orne en façade la « suite princière » du pompeux bâtiment. Il dit, sans se retourner :

« Quel âge a-t-elle exactement ?

– Elle a eu quinze ans cet été (notre été austral). on assure que le meilleur moment, pour les messieurs, c'est ce printemps de la seizième année. Plus jeune, vous n'en jouiriez pas vraiment, une fois passé le premier goût du viol. Et vous n'ignorez pas que les vraies blondes font prime sur le marché, depuis Bélem jusqu'à Buenos Aires. »

Sous l'araucaria géant, les deux hommes au costume immaculé ont échangé quelques mots. Et maintenant ils se séparent : l'un demeure en faction, adossé au tronc rugueux de l'arbre, tandis que l'autre s'éloigne vers l'avenue Atlantique et les trois grands cafés – qui portent le nom des trois empereurs au destin malheureux : Rodolphe, Christian-Charles, Maximilien – dont les terrasses donnent directement sur la plage, après avoir cependant, au bout de quelques pas, jeté un dernier coup d'œil en direction de la fenêtre aux sirènes enlacées qui entourent le char marin d'Amphitrite, autant du moins que permettent d'en juger ses trop larges lunettes de soleil. Corinthe se retourne vers ses visiteurs en attente.

« Elle n'est pas blonde, dit-il, elle est rousse.

– Blond vénitien, rectifie le père. Et, de toute façon, ça serait encore mieux. »

La précision est d'ailleurs recevable. Les bouclettes soyeuses du pubis sont seulement un peu plus rougeoyantes – et cela paraît normal – que la chevelure dorée aux reflets de cuivre. Quant à son odeur de fille, délicatement musquée, où se mêlent herbe coupée, crevette fraîche et chèvrefeuille, elle reste des plus secrètes, sans aucune agressivité, en tout point agréable, pense le comte Henri qui a, d'un geste machinal, porté le médius et l'index à la naissance de sa moustache, comme pour la lisser sous les narines. Il s'approche de l'adolescente, qui, pendant que lui-même regardait au-dehors, a repris sa pose initiale de statuette exposée dans une vitrine d'art grec.

« Fais voir tes yeux », dit-il.

Marie-Ange abaisse ses deux bras, dont les courbes gracieuses ombraient le haut de sa figure, et, du même mouvement souple et lent de danseuse orientale, elle cache les mains derrière son dos, poignets réunis au creux des reins. Comme elle est nettement plus petite que le comte Henri, il lui redresse le menton sur son poing fermé. Elle lève vers l'homme la belle eau profonde de ses iris verts, assortis à son teint d'une manière très classique. De minuscules taches de rousseur constellent ses joues duveteuse, les pommettes, les ailes du nez. Du bout des doigts, il effleure ses lèvres disjointes par un fugitif sourire peureux, parfaitement crédible.

Alors, il la gifle. Sans se plaindre d'une punition aussi imméritée, acceptant d'avance tous les caprices du maître, la jeune fille prend un air désemparé qui lui sied à ravir. Ses grands yeux s'élargissent encore et deviennent plus humides, baignés de larmes prochaines, tandis que sa bouche s'entrouvre davantage... Corinthe ne peut se retenir de l'embrasser, sur ses lèvres à la pulpe frémissante qu'elle lui abandonne, visage chaviré, remuant avec douceur comme si elles buvaient du miel.

Mon Dieu ! que tout cela est loin, pense Henri de Corinthe, qui s'acharne à relire pour tenter de les mettre en ordre, je ne sais combien d'années plus tard, ces feuillets décousus de souvenirs, éparpillés devant lui sur toute la surface du vaste bureau en noyer très sombre aux marbrures rougeâtres, presque en face de la massive armoire d'une teinte encore plus obscure, bien que taillée jadis dans la même bille de bois d'épave, tout ce qui lui reste à présent du vieux mobilier de la Maison Noire, dispersé en vente publique après la saisie judiciaire. Oui, comme tout cela est loin ! Loin dans l'espace, loin dans le temps, loin dans l'esprit. Et sans doute la distance se trouve-t-elle encore accrue, songe-t-il, par ce choix que j'ai fait de parler à la troisième personne : c'est maintenant pour moi comme s'il s'agissait de quelqu'un d'autre, dont la vie rappellerait la mienne par quelques détails secondaires, contingents, ou aléatoires.

Mais où sont aujourd'hui les naïades dorées qui riaient de plaisir sous la gifle des vagues, tout éclaboussées de soleil et d'écume ? Que sont devenus les marchés publics aux chairs vierges, les petites esclaves d'alcôve, les morsures et les baisers de miel ? Sans même mentionner, puisqu'il n'était guère question de joindre à ce rapport d'aussi secrets récits, les viols, sévices, expositions cruelles ou humiliantes, galants spasmes de douleur, émouvantes tortures mineures s'achevant en délicat supplice ou en sacrifice barbare, selon l'humeur du jour et les grâces particulières des captives, dans l'intimité d'un cachot ou d'une chambre d'interrogatoire aux machineries inépuisables, dans les salles d'apparat lors des fêtes nocturnes, le petit théâtre aux exécutions ou l'hémicycle pour grands spectacles des arènes, toujours à l'abri des lois extérieures (déjà peu sévères pour nous) derrière les remparts de ce Triangle d'or tellement inimaginable à l'heure qu'il est, l'heure si tardive et bientôt ma dernière heure, dans la vieille forteresse assiégée de toute part.

Ici aussi, cependant, les hautes lames déferlent et viennent même frapper, au plus fort de la marée montante, contre la muraille de mon dernier refuge. Mais le soleil a disparu, et la chaleur, et le plaisir, et jusqu'au chant dangereux des sirènes, comme si la triple coupure de l'océan, de l'équateur, de la condamnation infâme, séparait ce paradis perdu de mon actuelle tombe : une casemate à demi souterraine. Car c'est de ce côté-là que je vis désormais, jusqu'à la fin sans aucun doute : l'autre rive de l'Atlantique, très engagé déjà sur le versant polaire de l'hémisphère Nord, dans les falaises de pluie et de brume où règne la peine inutile, l'austère solitude, le silence tumultueux de tous les éléments secoués par l'essaim des djinns.

Outre un lit de fortune rappelant la guerre, cette solide

table pour écrire encore et l'armoire, la chambre – seule pièce habitable de l'ancienne batterie côtière encastrée dans le roc – ne comporte, entre ses quatre murs blanchis à la chaux, le dallage en granit et de hauts plafonds voûtés, qu'un pesant miroir ovale dont les profondeurs glauques sont cernées de noir (telle une pâle photo trop agrandie de marin disparu) par un cadre bombé d'une épaisseur surprenante qui ressemble au plat-bord des navires d'autrefois, sans aucun ornenemt, façonné dans un bois colonial devenu plus foncé que l'ébène après son trop long séjour dans l'eau salée.

Avec l'aide d'un goémonnier qui s'était laissé convaincre de la charger sur sa charrette déjà pleine (malgré l'incompréhensible nervosité du cheval), un douanier de Porsmoguer effectuant sa ronde avait rapporté cet étrangement lourd objet, abandonné par la mer sur une grève à la réputation suspecte, aucun naufrage n'ayant d'ailleurs été signalé dans les environs depuis plusieurs mois. Dès le lendemain, après on ne sait quelles visions nocturnes engendrées par le trois-six, le brigadier (qui devait avoir aussi trop entendu de récits légendaires, à la veillée) s'était débarrassé pour une somme symbolique d'un « miroir fantôme » dont personne évidemment ne voulait, mais qu'il ne souhaitait pas lui-même conserver un jour de plus.

Contre la paroi opposée, il y a la grosse armoire, dont la porte à un seul battant, au lieu de la si fréquente glace biseautée, présente un large panneau central à décor symétrique, obtenu par l'assemblage des deux moitiés ouvertes d'une même planche noueuse et tourmentée, sciée au milieu de son épaisseur. Habituelle dans les placages d'ébénisterie, cette disposition est beaucoup moins courante avec du bois massif. Particularité plus rare encore, l'artisan de campagne a ici rempli une cavité naturelle, trouant le dessin des veines entremêlées – ainsi que l'identique lacune apparaissant en vis-à-vis – avec deux pastilles de nacre polie, taillées en amandes dans quelque coquille d'ormeau. Guidé par l'ensemble d'une figure qui s'ébauchait, le mesuisier aura voulu la compléter par deux yeux, dotant ainsi d'un regard étincelant une espèce de démon cornu à triple paire de bras, jambes entrouvertes et vulve féminine.

Sur le mur du fond, il y a seulement l'âtre fuligineux d'une cheminée au tirage incertain et la porte, avec son encadrement de granit rugueux, qui conduit par un caisson au long corridor central par lequel on accède aussi aux autres salles, plus ou moins abandonnées à la tempête et aux choucas, dont une moitié se trouve orientée à l'ouest, vers la falaise abrupte, et l'autre vers l'intérieur des terres, mais la vue aussitôt bouchée par un fossé profond, creusé dans le schiste noirâtre où s'accrochent des touffes de statice et de valériane, plusieurs mètres au-dessous de la lande dont en levant la tête on n'aperçoit que le bord irrégulier, se découpant sur un ciel gris.

Le quatrième côté de la chambre donne sur l'océan par trois imposantes meurtrières fortement ébrasées, où devait passer la gueule des canons, aujourd'hui closes par d'épaisses vitres que le sel pique d'étoiles lépreuses. La lumière qui provient de ces ouvertures est insuffisante pour relire – sauf en cas d'imaginaires soleils couchants – les caractères manuscrits trop fins, trop serrés, formés avec trop de hâte, et deux lampes à pétrole brûlent tout le jour aux extrémités du bureau, faisant danser par moment des sautes rougeoyantes sur les feuilles éparses, constellées de ratures, ou bien allumant des lueurs soudaines dans les yeux du démon aux iris de nacre verte, où le rêve du comte Henri se perd.

« Ne manque-t-elle pas un peu de modestie ? » dit-il ensuite, pour dissimuler son trouble, sentant bien qu'une machination est en train de se refermer sur lui : cette tendre victime consentante est évidemment trop parfaite pour n'être pas piégée. Pourtant, il sait déjà que sa vieille prudence de chasseur le quitte, une fois de plus, et qu'il devient lui-même, désormais, la proie.

« Ça dépend des goûts », répond le père après un silence, répétant une formule qu'il semble affectionner, en français comme en allemand. Il a du moins – Dieu soit loué – renoncé à son insupportable ricanement de chacal détraqué par la pleine lune ; et c'est d'un ton détaché, impartial, qu'il ajoute : « Du reste, Marianic est aussi intelligente que sensible. Elle sera donc à chaque instant, chaussée ou pieds nus, telle que vous la désirerez. »

Cette allusion cinéphile au titre de « comtesse », regretté censément pour sa progéniture, amène sur la figure rose du vieux professeur une grimace progressive, que le comte Henri préfère interrompre à temps (quitte à passer sous silence l'inquiétant soulier de bal tricolore, qui reparaît ici comme un cruel symbole de la faute) :

« A-t-elle déjà été fouettée ?

– Bien entendu ! Cela fait partie de l'éducation germanique, dans toutes nos bonnes familles.

– Dommage, murmure Corinthe songeur. Sévèrement ?

– Je compte sur vous, colonel, pour ne pas abîmer un objet aussi précieux.

– Puisque vous me l'aurez vendue !

– L'amour paternel... » commence l'autre avec un petit rire bref, à peine glapissant, qui par bonheur bifurque aussitôt : « Mais pardonnez-moi cette nuance : c'est plutôt un contrat de location dont il s'agirait entre nous, si j'ai bien compris votre position personnelle. A l'abri de justes noces, vous auriez pu la maltraiter légalement bien davantage, sans aucun doute. »

Corinthe marche de long en large, avec les grandes enjambées habituelles, conservées en dépit de son genou raidi par l'ancienne blessure, soupesant ses chances d'échapper au traquenard. Il est certain qu'un mariage en bonne et due forme constituerait le meilleur moyen de se prémunir contre tout chantage, quitte à se débarrasser ensuite plus ou moins proprement d'une petite épouse provisoire, vite encombrante et même dangereuse, dès qu'il commencerait à en être las. Ce ne sont pas les moyens qui manqueraient, dans ce pays encore agité par les séquelles du sanglant conflit frontalier qui a ravagé vers la fin de la seconde guerre mondiale toute sa région côtière, où le terrorisme rémanent et les disparitions inexplicables font toujours partie de la vie quotidienne, bien que les journaux évitent d'y faire allusion, par crainte des représailles ou par lassitude, sauf en cas d'atrocités spectaculaires mettant en cause les services policiers, telle cette mystérieuse histoire rapportée hier dans *le Globe* à la page des crimes sadiques et des sacrifices religieux.

« Vous la louez souvent ainsi, aux riches étrangers de passage ? dit-il pour faire craindre un retrait de candidature. Au bout du compte, douée ou pas, c'est seulement une petite pute en bouton, comme on en trouve des dizaines dans les bars de l'Atlantica ou aux alentours.

– Colonel ! proteste le vendeur sans se fâcher, ne soyez pas injuste avec cette candide adolescente, qui m'a demandé elle-même de venir la rejoindre aujourd'hui, après son bain, pour être présentée à un homme dont elle admirait la prestance. Elle aime les pères, vous savez... »

Corinthe n'a que faire des flatteries, mais il apprécie à sa juste valeur l'humour contenu dans le double sens de cette « présentation ». Il se voit en même temps conforté dans une supposition qui l'avait effleuré auparavant à plusieurs reprises : c'est bien à lui que s'adressaient les contorsions lascives de la naïade rousse, sur la plage. L'innocent ballon rose n'était qu'un alibi, les autres joueuses des figurantes.

« Elle vous l'a demandé ? s'étonne-t-il. Cette poupée de chair n'est donc pas muette ? »

En fait, cela ne lui a pas déplu que l'objet de sa convoitise ne prenne aucune part à leur discussion volontairement humiliante concernant ses qualités sexuelles ou défauts, comme si elle était une captive marchandée sur la place publique, son achat faisant déjà partie du plaisir – peut-être partagé. Cependant, il regrette un peu, pour l'avoir réentendue ce matin même, la voix rieuse aux roucoulements de gorge, encore enfantine, naïve, puis soudain chaude et basse, irradiant ses résonances profondes jusqu'au bas du ventre, comme feraient des murmures d'amante.

« C'est une petite fille bien élevée, elle ne parle aux grandes personnes que si on l'interroge, répond le père. Mais elle sait l'allemand, le français, et naturellement le brésilien. Elle pourra même, au besoin, vous servir aussi de secrétaire. Et elle chante avec autant de grâce les lieder rhénans que le fado... »

C'est-à-dire une espionne en tous points irréprochable.

Devant la fenêtre, sous le pin du Paraná dont l'ombre s'allonge, les deux jeunes hommes vêtus de blanc sont toujours là, abaissant derechef leurs visages bistres lorsque le comte Henri apparaît contre la vitre. Celui-ci éprouve un indéfinissable malaise à les voir de nouveau tous les deux en faction, si semblables d'ailleurs l'un à l'autre avec leur stature identique, leur figure anonyme, leurs mêmes gestes mesurés, leurs immenses lunettes trop sombres, qu'on ne pourrait guère savoir lequel s'était un instant absenté.

Deux grosses motocyclettes noires sont rangées sous l'arbre, à proximité immédiate. Elles doivent être les leurs, car le jumeau de droite – qui est moins en vue – s'appuie maintenant en arrière au coussin de cuir dont se trouve garnie l'une des selles (l'autre aussi d'ailleurs, probablement), tenant alors dans sa main gauche le guidon. Les engins sont parallèles, tournés vers la rue, prêts pour le départ à ce qu'il semble. Affichant avec arrogance leur aspect viril, leurs cheveux de charbon coupés très court, leurs pantalons étroits et leurs chemises raides à pattes d'épaule boutonnées, les deux hommes ont l'air de supplétifs appartenant à quelque organisation répressive parallèle, ou à l'une de ces formations pseudo-militaires qui abondent à présent dans tout l'Etat de Sainte-Catherine.

Mais une réflexion du narrateur, dans les pages précédentes (deux phrases au style indirect libre, qu'il faut sans doute attribuer au héros lui-même), doit ici nous retenir un instant, avant de poursuivre notre récit : il s'agit, on l'aura deviné, de cette allusion troublante aux multiples occasions qu'aurait le comte Henri de faire disparaître sans risque, après un usage plus ou moins prolongé, plus ou moins bref, une petite maîtresse dont déjà il se méfie, avant même toute consommation sérieuse. Comme je l'ai raconté ailleurs, les ennemis politiques de Corinthe l'ont souvent accusé d'avoir participé de façon active à l'extermination des bandes d'adolescents sauvages, constituées dans les collines dévastées pendant la guerre civile et encore fort redoutables lors de son arrivée au Brésil.

Ces Grandes Compagnies, dont les exactions horrifiantes ont défrayé la chronique, vivaient en communautés anarchisantes au cœur d'anciennes cités, réduites à l'état de ruines par les bombardements, totalement en marge du pays légal contre lequel, bientôt, elles se sont trouvées en lutte ouverte, de part et d'autre d'une frontière uruguayenne assez imprécise et à travers tout l'Etat du Rio Grande, se livrant de façon systématique et parfois fort loin de leurs repaires au pillage des biens, à la destruction des édifices par le feu ou par des charges explosives et à l'assassinat collectif des honnêtes gens, généralement à l'arme blanche ou sur de grands bûchers, ne faisant grâce ni aux vieillards ni aux femmes – même enceintes – ni aux bébés, mais emmenant quelquefois les jeunes de leur âge en captivité pour leur servir de domestiques, d'otages, de concubines, ou pour les enrôler dans leurs rangs, et tout cela jusque dans les stations balnéaires aux grands hôtels démodés, qui tentaient de revivre après le conflit.

Les bandes étaient mixtes : garçons et filles dont la plupart avaient entre douze et dix-sept ans. Certains parlaient le portugais, d'autres l'espagnol ; d'autres encore, beaucoup moins nombreux, ne savaient que l'allemand. Quel que soit leur pays d'origine, leur âge ou leur sexe, tous montraient la même férocité, la même froideur dans le crime, la même ruse sans scrupule qui en faisaient de terrifiants ennemis. Mais les forces armées, régulières ou non, qui ont eu la charge de les réduire, auraient – dit-on – fait preuve dans ce travail d'une cruauté laissant loin derrière elle les méthodes pourtant sanglantes des enfants. Considérés comme irrécupérables, aucun de ceux-ci n'a en tout cas survécu, bien que beaucoup d'entre eux aient été pris exempts de la moindre blessure, lors d'une attaque par surprise, au milieu de leur sommeil sans rêve, ou grâce à quelque trahison. Livrés aux imaginations barbares des soldats, échauffées par des mois de lutte sans merci, ils étaient sacrifiés l'un après l'autre, sur-le-champ ou dans les heures suivant leur capture. Seules les plus excitantes des filles, choisies par les officiers avec d'ambigus garçonnets mignons, pouvaient être épargnées un peu plus longtemps, quelques semaines, quelques mois, mais pour les raisons peu humanitaires que l'on sait (lire à ce sujet les *Souvenirs du Triangle d'or*) et d'une façon tout aussi provisoire en fin de compte, le sursis n'ayant fait que prolonger encore leurs tourments. Tout permet de croire que l'immense et somptueux Théâtre Lyrique transformé en prison où ces victimes choyées – en très grande majorité des adolescentes, nubiles ou non – étaient pensionnaires, destinées aux passions criminelles de l'austère classe dirigeante (magistrats, policiers, archevêques, hommes et femmes d'affaires), se trouvait toujours très bien garni en ce printemps 1946, sans doute alimenté maintenant par d'autres voies que les prises de guerre, devenues plus rares. Est-ce à cela que Corinthe pensait ?

Il aurait en effet, selon la rumeur, pour le seul plaisir et tout en haut de la hiérarchie politico-militaire, dans les luxueux locaux souterrains de la police spéciale ou derrière le fronton triangulaire de l'Opéra aux coupoles dorées, ou bien dans les « réserves de chasse », participé aux longs interrogatoires des prisonnières à qui l'on faisait avouer des fautes imaginaires par les moyens appropriés, comme ensuite à leurs divers supplices, une fois condamnées à mort. Aucune preuve satisfaisante n'a jamais été fournie pour étayer de tels soupçons. Néanmoins, étant donné que le comte Henri, méprisant, n'a pas daigné prendre la peine de les démentir, des bruits insidieux le concernant continuent à circuler sur les deux rivages de l'Atlantique, reparaissant ici ou là de temps à autre, agrémentés de nouveaux détails sado-érotiques exorbitants, qui montrent surtout la richesse des fantasmes populaires dans ce domaine.

Pour ma part, j'ai déjà formulé la question primordiale qui se pose – tout le monde est d'accord là-dessus – à propos du séjour sud-américain de notre colonel, dont on peut s'étonner, d'ailleurs, qu'il n'ait pas alors été promu au grade de général, si ses récentes prouesses au service du pays étaient aussi brillantes qu'il le prétendait. Mais, surtout, pourquoi donc avoir quitté la France d'une façon si précipitée à un moment où nulle charge ni accusation d'aucune sorte ne pesait en tout cas sur lui, semble-t-il, puisque beaucoup le considéraient même, à l'époque, comme un héros clandestin de la Résistance ? Sa liaison publique et scandaleuse avec la trop jeune Angélica von Salomon, sous l'occupation nazie, ne paraît guère un motif suffisant, l'énigmatique vierge guerrière (qui avait depuis longtemps renoncé au second de ces trois adjectifs) ayant combattu sur le front de Normandie dans une très régulière division d'élite allemande, sans jamais appartenir – selon tous les documents auxquels nous avons eu accès – à aucun service secret, corps de « sécurité » punitive, ou office de renseignements.

Par suite d'une confusion de date et de lieu, Corinthe ayant accompli un délicat voyage en Bretagne dans une période où son ancestrale demeure et tout le Léonnois se trouvaient encore inclus dans la poche non libérée du Finistère, qui deviendra très vite le réduit brestois (où l'occupant avait construit une formidable base sous-marine en béton armé, dont on apercevait la structure massive depuis notre Plaine de Kerangoff), on a pu prétendre que l'aristocratique conspirateur avait quitté le territoire national dès la mi-août 1944, c'est-à-dire juste avant la chute de Paris ; il aurait alors reflué vers le Rhin en même temps que les troupes du Reich en déroute et se serait embarqué à Hambourg au printemps suivant, à bord d'un sous-marin ennemi qui l'aurait déposé, en compagnie d'autres agents doubles, du côté de Recife ou de Natal. De multiples preuves matérielles existent, dans diverses archives, qui prouvent le manque de fondement d'une telle accusation. S'il demeure en effet probable que le comte Henri s'est rendu à Hambourg vers la fin de la guerre, tout indique qu'il s'agit du printemps 44 (au mois d'avril ou à peine plus tard) et pour une mission servant la cause alliée, télécommandée depuis l'Angleterre.

Beaucoup mieux fondées me paraissent les insistantes insinuations selon lesquelles Henri de Corinthe aurait appartenu à une mystérieuse organisation franco-allemande, puissante, discrète et occulte, connue sous le nom de « Synarchie ». Et il se pourrait fort bien que sa présence au Brésil ou en Uruguay, après la Libération, soit en étroite relation avec cette étrange affaire au parfum de mirage, qui aurait infiltré tout l'Occident (et sans doute au-delà) d'un réseau de complicités internationales. Cela n'empêche en rien, bien entendu, qu'il ait alors entretenu des amitiés plus ou moins secrètes avec l'un, l'autre, ou plusieurs des habitués fréquentant le Triangle d'or, dont les aménagements splendides (foyers divers, bars, piscine, chambres privées, loges, salles de spectacle aux installations sophistiquées) auraient alors fonctionné entre autres comme un club très fermé de financiers ou de stratèges, offrant à ses membres maints plaisirs rares et interdits par la morale.

J'étais moi-même peu au courant, dans ces années 40 (et je le suis resté depuis), des projets d'économie dirigiste, plus ou moins utopiques, alors en gestation de par le monde. Quant à mon père, il demeurait un trop modeste personnage pour tenir même un second rôle dans des systèmes vers quoi ses sympathies intimes pouvaient cependant l'incliner. Mais j'ai a plusieurs reprises entendu évoquer – bien que le plus souvent à mots couverts – à notre table familiale de la rue Gassendi, sous l'Occupation, cette Synarchie qui allait censément prendre le pouvoir des deux côtés du Rhin, ou même l'avait pris déjà...

D'après le peu qu'il m'en reste aujourd'hui dans la mémoire, il devait s'agir d'une sorte de complot à caractère social-industriel, de droite évidemment, groupant des économistes planificateurs, de hauts fonctionnaires formés par l'Ecole polytechnique, des métallurgistes ambitieux (ingénieures généraux ou maîtres de forges), des banquiers, des diplomates, des politiciens idéalistes, qui s'agitaient dans l'ombre à Paris, à Vichy, à Berlin, et jusqu'à Buenos Aires, pour mettre sur pied après la guerre une puissance européenne capable de tenir tête en même temps au capitalisme libéral anglo-saxon et à la bureaucratie hiérarchisée soviétique. Beaucoup d'entre eux misaient sur une victoire de l'Allemagne, où la France nouvelle retrouverait néanmoins un rôle prépondérant, grâce à son rapide essor productif... Les noms de Pierre Pucheu, de Benoist-Méchin, étaient prononcés parmi d'autres, et surtout celui d'un ministre de Laval qui résidait le plus souvent sur les bords de la Spree, mais dont j'ai oublié jusqu'au patronyme : quelque chose comme Bouthillier, Bardet, Barnaud, Berthelot, Bichelonne, Bonnafous, Baudouin, Belin... Nous l'appellerons provisoirement B.

Jean Cayrol, lisant *les Gommes,* y avait décelé ce qu'il croyait être des souvenirs personnels de la Résistance. Malheureusement, je me trouvais plutôt dans l'autre camp. Et je suis sûr que c'est en fait la Synarchie qui s'était alors suffisamment inscrite dans mon imaginaire pour reparaître là ; cette conspiration organisée dans les coulisses du pouvoir par le professeur d'économie politique Daniel Dupont et par ses amis, menacée de mort sous les coups répétés d'un terrorisme encore plus énigmatique, ne peut être qu'une résurgence du vieux rêve martiniste : la prise en main des peuples par une élite de technocrates désintéressés. Le climat de mystère policier au sein d'antagonistes sociétés secrètes qui régnait ainsi dans mon histoire, structurée en filigrane par l'ancestrale malédiction d'Œdipe-roi, pouvait rendre le roman aussitôt lisible. Son succès, pourtant, a dû attendre de nombreuses années... Mais n'anticipons pas, comme disait un autre infortuné souverain de l'ancienne Grèce.

Accepté par Jérôme Lindon, le manuscrit des *Gommes* a été mis en fabrication sans beaucoup attendre. C'est cette première édition, photographiée sur plaques offset, que reproduiront ensuite tous les tirages successifs sous la couverture blanche et bleue de Minuit. Et l'on se demande encore aujourd'hui, près de quarante ans plus tard, quelle raison il peut y avoir pour que le livre se trouve composé en égyptienne, caractère peu utilisé dans les publications courantes des librairies et qui choque ici par sa présence lourde, empâtée, sans élégance ni discrétion. Il ne faudrait pas que nos spécialistes du « paratexte » en tirent des conclusions trop savantes et hâtives, du genre de cette chaîne signifiante : Egypte, Sphinx, Œdipe... Car l'explication est toute simple.

Minuit, entre la Résistance historique et le succès futur, connaissait alors une passe difficile. La gestion de Vercors s'était révélée peu compatible avec les exigences comptables du temps de paix. Le jeune Lindon, qui avait alors hérité de la maison, mais aussi et surtout de ses dettes, tentait depuis plusieurs années de la remettre à flot. Un dépôt de bilan à plus ou moins brève échéance continuait de peser sur tout ce qu'il désirait entreprendre.

Et déjà en publiant Beckett, trois ans plus tôt, il avait l'impression que c'était la fin, mais qu'il aurait du moins accompli ça, avant de fermer boutique. Au moment des *Gommes,* il ne possédait même pas l'argent nécessaire pour payer un imprimeur.

Georges Lambrichs avait donc persuadé l'un de ses amis, nommé Grégory, qui dirigeait le riche Club français du livre, de faire un tirage relié sur papier de demi-luxe pour ses abonnés, dont la soif d'inédit n'était pourtant pas évidente. C'est la composition du Club français que Minuit s'est contenté de reproduire pour notre édition, dite « originale » ! Le Club a aussi suscité quelques bons articles (Blanzat par exemple) et organisé un coquetèle de lancement dans ses luxueux salons, près de la place Vendôme. Francis Blanche, fort célèbre et populaire, qui était le beau-frère de Grégory, prétendait même tourner une adaptation cinématographique de mon roman, où il interpréterait le rôle de Wallas ! J'ai toujours été hostile à l'idée de traduire la littérature en images. Mais cette mutation inattendue des *Gommes* en film comique aurait pu, en tout cas, produire un récit plus original que la transposition « sérieuse » (et psychanalytique) réalisée quinze ans après avec Françoise Brion dans le rôle de la papetière Jocaste, accru pour les besoins du scénario.

Ensuite, l'illusoire fièvre s'est vite calmée. La grande presse, hostile ou silencieuse, n'a pas été bonne. Nos ventes n'ont pas rempli les caisses de Minuit. Le bruit avait seulement suffi pour que je perde mon emploi bidon aux chambres d'agriculture. Toutes ces choses ne représentaient d'ailleurs pour moi que des aléas sans importance. Je venais, dans les remous occasionnés par cette sortie, de retrouver ma petite Catherine (qui ne voulait plus me voir, depuis plusieurs mois) et cela comptait bien davantage. Quant à l'idée que je me faisais de mon œuvre, présente ou à venir, elle ne reposait pas sur le soutien des gazettes.

A la fin de ce printemps-là, nous avons fait ensemble un petit voyage sur le Rhin romantique, Jérôme et moi. Je ne l'ai jamais connu aussi gai que durant cette longue période où les soucis financiers de son entreprise en péril devaient pourtant peser lourd. Il en parlait peu et apparaissait, sitôt qu'il quittait ses bureaux et leurs problèmes, souriant, enjoué, détendu : un parfait compagnon. Lambrichs avait fait le pari que nous reviendrions brouillés de notre escapade. Nous sommes revenus tout à fait amis.

Et c'est entre Georges Lambrichs et Lindon que les rapports, de tout temps peu chaleureux, se sont franchement gâtés. J'espère n'y avoir été pour rien. De toute façon, les deux hommes n'étaient guère de nature à s'entendre. Mais, bizarrement, après le départ de Georges sur un coup de tête maladroit (il devait croire qu'on le rattraperait bien vite par les basques), c'est Jacques Brenner que Jérôme a choisi comme conseiller littéraire en titre, pour le remplacer. Je suis devenu moi-même, plus modestement, « lecteur », ce qui m'a permis de rester en bons termes avec Lambrichs, que j'aimais bien, celui-ci se fâchant au contraire à mort avec l'ancien ami qu'il accusait d'avoir traîtreusement pris sa place.

Il n'y avait entre Brenner et Lindon ni goûts littéraires communs ni la moindre sympathie. Mais j'imagine que notre directeur se méfiait du côté trop exclusif de mes options romanesques, dont pourtant il partageait les grandes lignes, et qu'il avait voulu les contrebalancer par les choix forts différents d'un écrivain plus tranquille et respectueux de la tradition. Cette situation un peu absurde ne me dérangeait guère et je savais qu'elle ne durerait pas, bien que Jacques Brenner ait présenté l'incomparable avantage d'habiter désormais en permanence une grande pièce des Editions. L'immeuble vétuste de la rue Bernard-Palissy était un ancien bordel ; la loi Marthe Richard exigeait donc qu'il soit transformé en logements ! Il y avait d'ailleurs, à cette époque, des lavabos et des lits dans presque tous les bureaux, même dans celui où je résidais de façon plus épisodique, qui était pourtant minuscule : une ancienne cachette de voyeur, paraît-il, avec un œilleton pour suivre les ébats amoureux dans la chambre d'à côté (celle de Brenner !) *.

Quand *le Voyeur* est paru, au printemps 55, j'occupais déjà depuis le 1er janvier ce poste de lecteur et mon cagibi sur cour, qui me plaisait bien, où l'on avait du mal à se faufiler entre le bureau à caisson, le divan crasseux, le placard cabinet de toilette et la vaste penderie à paperasses. Je ne l'ai pas quitté après le départ de Brenner, dont l'intérim n'avait duré que quelques mois. Et je recevais là tous les jeunes auteurs, mes amis littéraires, les journalistes, des photographes et jusqu'aux équipes de télévision ; si les visiteurs étaient plus de deux, cela posait des problèmes de sièges : mis à part mon fauteuil cassé, qui

---

* Il semblerait, d'après Jérôme, que des modifications importantes dans l'agencement des pièces me fassent confondre deux petits bureaux identiques que j'ai occupés successivement, l'un au deuxième et l'autre au troisième étage. Je sais combien ces travaux de déconstruction et reconstruction des espaces peuvent troubler le souvenir, par exemple dans la maison natale de Kerangoff.

n'a été remplacé qu'après son écroulement total, seul le divan permettait de s'asseoir ; quant aux caméras, elles demeuraient sur le palier, filmant par la porte grande ouverte. Je suis resté vingt-cinq ans dans ce trou, quoique d'une façon de plus en plus irrégulière et sporadique, surtout vers la fin. Et je le retrouvais toujours avec plaisir. Il me semblait commode et douillet, malgré son apparence misérable.

J'aimais lire les manuscrits, le moment où ils arrivent par la poste, tout frais, quand on les ouvre avec l'impression qu'il peut s'agir aussi bien d'un immortel chef-d'œuvre. Ensuite, un peu déçu après quelques pages, je les mettais à mûrir en piles sur les étagères de la penderie, accessibles sans avoir besoin de quitter mon siège. Jean Paulhan prétendait qu'on a toujours une perception plus juste d'un livre et de sa valeur en n'en regardant que les premières pages : poursuivre la lecture ne peut que brouiller le jugement. A bien y réfléchir, ça ne doit pas être tout à fait exact... J'ai néanmoins fait le travail avec sérieux, en tout cas durant une période assez longue ; et même, au début, je rédigeais des fiches de lecture, dont les tiroirs superposés de ma table palissyenne, recouverte par une plaque en verre ébréchée, doivent contenir encore d'impressionnantes liasses. Mais, par-dessus tout, j'aimais les longues discussions avec Jérôme – moins occupé qu'aujourd'hui, apparemment – sur toutes sortes de sujets : les candidats à la publication que je lui avais fait lire, les romans qui paraissaient ailleurs, la littérature en général et son mouvement actuel, nos projets d'avenir, la politique, les affaires du monde, ou bien d'autres questions moins austères.

Le reste du temps, je le passais dans une retraite encore

plus confinée : la mansarde que papa avait dénichée pour moi dans l'immeuble sacré de la rue Gassendi où se trouvait au quatrième étage, depuis environ trente-cinq ans (avant même ma naissance), le repaire du clan Robbe-Grillet. Ma chambrette du septième (dite « de bonne » dans un quartier qui pourtant n'avait pas dû en abriter beaucoup) était cette fois si exiguë qu'on ne pouvait même pas y mettre une table : onze mètres carrés, mais disposés en L. Ma vie, entre une cellule et un cocon, demeurait remarquablement studieuse, sage, recluse. Catherine me rendait visite une fois par semaine, rarement deux. Assis sur le lit, dos contre le mur que j'avais tendu de raphia, un plateau à thé reposant sur mes genoux repliés (l'encrier était heureusement inutile, puisque le réservoir de mon antique stylographe fonctionnait encore, dans ces années 50), j'ai écrit là deux romans successifs où s'exprime une conscience enfermée dans son propre vide, bien qu'entièrement tournée vers le dehors, à commencer par ce *Voyeur* qui s'appelait d'abord *la Vue,* en hommage à Raymond Roussel, puis *le Voyageur,* à cause d'une citation qui figurait en exergue et dont l'attribution à Verlaine semble contestable : « Souvent, ô voyageur, ce paysage blême te mira, blême toi-même. »

Tapi au fond de mon trou parnassien (mais on pourrait dire aussi : sur mon perchoir), je marchais, en Bretagne, le long des falaises battues par l'océan où les petites sirènes à la chair de nacre chantent des fados nostalgiques et sensuels. Enchâssée tout en haut d'une avancée abrupte, l'ancienne batterie fortifiée, qui date de Vauban, se termine au sommet par une terrasse peu étanche, recouverte d'ajoncs nains et de bruyères en tapis, au même niveau que les landes alentour dont la sépare seulement une faille d'à peine cinq pas : le fossé de protection isolant la bâtisse rectangulaire sur trois de ses côtés.

La quatrième face donne sur le large et, aperçue de loin par les navires ennemis, se confond avec les parois rocheuses qui l'entourent, à droite, à gauche, au-dessous, presque sans solution de continuité, bâtie d'ailleurs dans la même pierre, taillée en blocs massifs mais sans doute extraite sur place. Et, de plus en plus, j'ai le sentiment d'avoir été pétri moi-même dans ce vieux sol dur affrontant sans espoir les tempêtes, cette terre extrême, minée peu à peu par le lent, l'inexorable travail destructeur que la vague immémoriale poursuit. Les feuillets disjoints de mon manuscrit, éparpillés en ordre aléatoire et changeant, toujours à refaire, sur la grande table en noyer noirâtre, minés à leur tour par les ratures, les remords, l'oubli, ne seraient donc eux aussi que des fragments du roc en décomposition, comme des plaques de mica fragile arrachées au granit, à demi transparentes, à demi brumeuses, sillonnées de rayures qui s'entrecroisent en formant d'indéchiffrables et multiples réseaux.

Le sentiment de naufrage s'accroît encore avec cette partie-ci du texte, où il s'agit du long séjour confus dans le Santa Catarina et le Rio Grande, sur une côte à peine distante de trois ou quatre cents kilomètres à vol d'oiseau (mais par des chemins montagneux quasi impraticables) des célèbres cataractes qui viennent interrompre la rivière Iguaçu, juste avant son confluent avec le Paraná, c'est-à-dire cette frontière du Paraguay, où je croyais que B. avait comme tant d'autres trouvé refugé, quand la situation à Pôrto Alegre – longtemps tranquille à l'abri de ses lagunes – est soudain devenue inquiétante.

Curieux « séjour » en vérité ! Déplacements nombreux et trop rapides, entrevues trop brèves, sourdes rivalités de clans, incertitudes concernant le partage politique des continents comme des pouvoirs clandestins, stratégies mouvantes, identités d'emprunt..., quelques images m'en sont cependant restées avec une précision intacte : le jour, par exemple où j'ai vu mon double pour la première fois. C'est à la terrasse du café Maximilien. Je viens de traverser le petit espace de sable fin, bosselé, sans consistance, qui sépare celle-ci du Rodolphe (où j'avais un rendez-vous, d'ailleurs manqué, avec un intermédiaire argentin, ce qui m'a causé quelque retard), et, les yeux baissés afin de mieux choisir mes pas entre les monticules et les trous, je peste contre ce sol incertain, inadapté à mes souliers de ville et plus malcommode encore si je veux prendre appui sur ma canne, à l'embout trop effilé. Comme à chaque occasion où mon ancienne blessure à la jambe, dont j'oublie d'habitude les raideurs gênantes, se rappelle ainsi à mon corps demeuré alerte qui refuse de vieillir, je ressens une sourde mauvaise humeur ; et je me repens de ne pas avoir fait le détour par le large trottoir de l'avenue Atlantica, bien plus confortable en dépit de son pavage décoratif, fait de petits galets blancs et noirs.

Enfin parvenu à bon port, sur les planches grisâtres où sont alignées des tables rondes au lourd pied de fonte ajourée, je relève le visage, pour constater aussitôt que ma place favorite est déjà prise, ce qui accroît encore mon irritation. Mais celle-ci se transforme à l'instant même en une écœurante sensation de vide intérieur, si brutale que je dois me retenir avec ma main libre au dossier d'une chaise vacante, heureusement toute proche... L'homme qui est assis dans mon fauteuil me ressemble comme un sosie : costume de lin écru, cheveux drus et grisonnants, figure sans aucun doute dissymétrique (bien que vue ici de profil), nez bourbonien, œil profondément enfoncé dans l'orbite, fine moustache très fournie, plus rousse que poivre et sel, tout, dans le moindre détail, jusqu'à la posture exacte des membres et la façon de tenir son journal entièrement déplié devant lui, sans oublier ma canne en argent à pommeau d'ivoire qu'il a coincée entre sa hanche et le bras du siège en osier.

J'essaie de raisonner. Si je me trouvais aux prises avec un vulgaire trouble de la personnalité, un phénomène parapsychologique de dédoublement comparable à ceux dont le vieux professeur Van de Reeves était devenu un illustre spécialiste à l'université d'Heidelberg, je me sentirais en même temps à la place que j'occupe d'une façon consciente sur l'extrême bord de la terrasse, immobile, debout, interdit, et à celle où je m'aperçois, familièrement installé à mon poste d'observation matinal, abaissant d'un geste presque imperceptible le journal qui me sert de paravent, afin de surveiller la plage... Or, ce n'est pas le cas : sans aucun doute possible, celui que je vois là est un autre homme, qui m'est totalement étranger.

Ayant réussi à vaincre les vertiges nauséeux se répandant en vagues successives depuis ma tête jusqu'au ventre, à reprendre un souffle presque régulier, à remettre en mouvement mes jambes d'où le sang m'avait paru s'enfuir, je m'avance obliquement de quelques pas pour approcher davantage mon fantôme, mais par-derrière, avec encore le vague espoir que l'hallucination va disparaître, causée par un estomac vide ou par le soleil excessif, Hélas, il n'en est rien. Et je constate, de plus près, que mon quotidien brandi entre les deux bras étendus, à hauteur des épaules, est bien *le Globe,* grand ouvert sur la double page des crimes sexuels, ou autres faits divers présentant le même genre d'attrait.

Au beau milieu de la feuille gauche, une photographie grandeur nature et d'excellente qualité montre une fine chaussure féminine abandonnée sur le sable, élégante, certes plus convenable pour le bal que pour la plage, dont l'empeigne triangulaire est recouverte par des paillettes métalliques scintillant sous le soleil. La douce peau claire qui en garnit l'intérieur se trouve maculée, vers le talon et sur toute la cambrure du pied, par des taches sombres mais luisantes qui pourraient être du sang fraîchement répandu. Quelques gouttes en ont aussi jailli alentour et forment, au bord inférieur droit du cadre, une découpure irrégulière absorbée aussitôt par le sable sec. Le cliché, bien entendu, n'est pas en couleur. Je comprends mal pourquoi cette image, si peu remarquable en soi, m'a causé une telle surprise, un tel choc... Sans même consulter mon propre exemplaire du journal, que je n'avais pas encore eu le temps d'ouvrir, je suis revenu jusqu'à l'hôtel Lutetia dans un état de demi-hébétude, marchant comme un somnambule.

Mais le plus effrayant peut-être m'attendait le lendemain. Je venais de repenser si intensément depuis vingt-quatre heures à l'incompréhensible rencontre, voyant sans cesse resurgir en imagination devant mes yeux le placide personnage qui avait emprunté à la fois mon territoire, ma forme extérieure et mes habitudes, que, me risquant plein d'une incoercible appréhension sur la terrasse du Maximilien, ce n'est pas un soulagement dont j'ai tout à coup ressenti l'effet en constatant que ma place était libre ; une angoisse nouvelle et, sur le moment, plus mortelle encore m'a au contraire traversé l'esprit comme l'acier d'une lance : « Tiens ? Je ne suis pas là... Que se passe-t-il ? Je devrais pourtant être arrivé... »

Cette terreur lancinante d'avoir en quelques sorte disparu de moi-même ne m'a pas ensuite quitté, pendant des jours. Elle n'a sans doute jamais fini de me hanter en sourdine. Et aujourd'hui je me demande si le centre narratif absent de soi, ce néant menacé qui occupe le cœur de *la Jalousie,* dont les critiques parlent par convention comme d'un « mari » dépossédé mais que Maurice Blanchot nommait « la pure présence anonyme », ne serait pas quelque lointaine réminiscence (ou figuration cathartique) de cette expérience fondamentale d'une désertion par l'intérieur, face à l'ennemi qui a investi la place, certes beaucoup plus traumatisante que les aléas amoureux de ma vie antillaise.

Attendant la clef de mon appartement devant le comptoir du concierge, en rentrant à l'hôtel ce soir-là, j'ai par hasard eu sous les yeux le cahier noir des arrivées, bien lisible quoique disposé à l'envers, ouvert sur sa plus récente page pour je ne sais quelle inscription complémentaire, ou contrôle. La première personne enregistrée le jour précédent était un nommé Henri Robin. Ce nom français (assez ordinaire, il est vrai) apparaissant en tête de liste sous la date imprimée au tampon (une semaine exactement après ma propre venue) m'a frappé d'une manière d'autant plus vive qu'il évoquait pour moi un souvenir toujours présent : il appartenait naguère à un camarade du front, sous-officier du contingent qui m'avait sauvé la vie par mégarde en novembre 1914, du côté de Pertes-lès-Hurles. Mort depuis dans des circonstances glorieuses, j'avais en hommage à ce brave emprunté son identité vacante, qui figurait sur mon faux passeport de service, ainsi évidemment que sur ma réservation au Lutetia.

Quand ce troisième roman, *la Jalousie* donc, est paru en 1957, les finances chancelantes de Minuit ne devaient pas s'être vraiment rétablies. Jérôme cherchait un associé qui apporterait de l'argent frais dans sa maison, sous la forme sans doute d'une augmentation de capital. Quelque temps auparavant, j'avais même cru trouver un jeune homme possible, qui s'appelait Wormser et me paraissait intelligent, sympathique, plein de bonne volonté envers la littérature, riche par surcroît. L'affaire n'a point abouti, pour des raisons qui ne me regardaient pas, et d'ailleurs l'idée ne devait guère être bonne : je vois mal Jérôme Lindon partager son pouvoir avec qui que ce soit dans une entreprise qui lui tient tant au cœur, passionnelle en quelque sorte.

Je lui ai proposé alors un expédient provisoire, certes plus modeste en fait de capitaux, mais qui pouvait servir comme palliatif en attendant mieux, et, du moins, le laisserait seul maître à bord. *Le Voyeur* ayant eu un retentissement certain, joint à un relatif succès de librairie, la maison Gallimard me faisait maintenant des sourires. J'avais donc imaginé de lui offrir mon nouveau manuscrit, sur lequel je demandais un à-valoir correspondant à dix mille exemplaires, chiffre de vente atteint par le livre précédent. J'aurais prêté cette petite somme aux Editions de Minuit. Jérôme m'a laissé tenter l'expérience.

Jean Paulhan, l'un des principaux artisans de mon prix des Critiques, me choyait paternellement depuis la reparution de sa *Nouvelle Revue Française, la Nouvelle NRF,* où il accueillait aussitôt tous mes écrits : notes critiques, essais théorisants, courtes nouvelles, longs extraits de romans publiés en feuilleton sur plusieurs numéros de la revue, leur faisant même un sort en bonne place. C'est donc lui, sincèrement intéressé, qui a plaidé ma cause auprès de Gaston Gallimard. J'ai senti tout de suite que le livre, en haut lieu, déclenchait peu d'enthousiasme. Et je revois la scène tendue où, devant mon exigence d'une réponse enfin précise, Paulhan a disparu par la porte mystérieuse qui s'ouvrait juste derrière son bureau, face à celui d'Arland dans cette vaste pièce partagée avec Dominique Aury, rue Sébastien-Bottin, où le célèbre trio jouait en public, chaque mercredi, une merveilleuse comédie littéraire dont je manquais rarement les représentations, acceptant avec plaisir les petits rôles de figuration parlante qu'on voulait bien m'y confier. Malgré le rituel qui consistait à faire fête aux jeunes écrivains, tout en les mettant le plus mal à l'aise possible, je m'y amusais beaucoup.

Lorsque Paulhan est revenu, au bout d'une vingtaine de minutes, il avait la mine déconfite et me tendait mon manuscrit dans un geste navré, pour une fois sans apprêt ni maniérisme : le vieux Gallimard n'en voulait pas. Si l'on ajoute au *Régicide,* dont j'ai déjà raconté la curieuse histoire, *les Gommes* que Jean Piel était censé remettre à son ami Queneau pour le comité de lecture et qui avait dû se perdre au fond de quelque placard, cela faisait en somme le troisième refus dont m'honorait l'illustre institution. Je suis trop accoutumé aux aléas de l'édition parisienne pour en avoir conservé la moindre rancune, d'autant que mon sort de romancier – cela ne fait pour moi aucun doute – a pu s'accomplir ailleurs d'une façon bien plus forte, plus ample, plus décisive.

Ma *Jalousie* est donc parue à Minuit, ce qui constituait évidemment son véritable destin, et le livre a été un échec commercial si sanglant que Gaston Gallimard a dû penser qu'il avait eu bien raison. Heureusement, cette année-là, *la Modification* de Michel Butor a obtenu le prix Renaudot et réalisé un score providentiel pour notre petite maison. Minuit pouvait enfin respirer. En l'honneur de mon mariage, Jérôme a augmenté sensiblement les médiocres mensualités de son « conseiller littéraire ». Et Paulhan – qu'il soit mille fois béni – m'a procuré un joli appartement clair et confortable, presque de luxe, au bois de Boulogne, dans des conditions qui tenaient du miracle, surtout à cette époque. Nous avons aussitôt inauguré, Catherine et moi, notre solidarité naissante (dorénavant absolue) par une dure œuvre commune : exécuter nous-mêmes, dans les plâtres neufs d'un immeuble à peine achevé, les travaux des peintres, électriciens, menuisiers, décorateurs, etc., dont nous n'aurions pu payer les factures. Après quelques mois, nous étions des as de l'enduit au couteau, des virtuoses de la baguette moulurée.

Butor, devenu un grand, qui déjà ne m'aimait pas beaucoup, s'est vite fâché avec Lindon. Gallimard a déroulé ses tapis rouges pour l'accueillir. On peut dire, rétrospectivement, que personne n'y a rien gagné, bien au contraire. Mais le Nouveau Roman était né. Avec le succès public de *la Modification,* le bruit que faisaient dans les cercles parisiens mes petits articles théoriques de la *NRF,* un « rez-de-chaussée » du *Monde* où le bon Emile Henriot descendait en flammes conjointement ma *Jalousie* et *Tropismes* de Sarraute, reparu en même temps chez Minuit, l'idée commençait à se répandre qu'un groupe organisé d'agitateurs terroristes sortait soudain de son maquis pour dynamiter la république des lettres. C'était là, malheureusement, une crainte excessive. Le groupe n'a jamais été organisé, loin s'en faut, et la prétendue terreur n'a guère empêché le vieux ronron de se poursuivre. Quelque chose, cependant, avait vu le jour : ce que Sarraute appelait le « soupçon », une onde d'inquiétude, d'excitation, de courage, où les esprits ouverts sentaient frémir le vent de la liberté.

J'avais rencontré Nathalie Sarraute au printemps de cette année-là, dans un colloque sur la jeune littérature française réuni par Marcel Arland au château d'Eu, qui appartenait aux Brésiliens après avoir été l'ultime résidence de don Pedro II, leur dernier empereur. Nous avons fait le voyage ensemble, Nathalie et moi. Je venais de publier dans *Critique* un compte rendu, à la fois laudatif et réservé, de son *Ere du soupçon* où plusieurs articles passionnants sur les notions littéraires caduques se trouvaient pour la première fois réunis en volume. La discussion de vive voix avec cet auteur ouvertement révolutionnaire, son intelligence acérée, son humour, m'ont aussitôt convaincu que nous devions faire alliance et que le Nouveau Roman serait donc multipiste : Sarraute était dans la lignée de Proust comme j'étais dans celle de Kafka, Butor de Joyce, Simon de Faulkner. Je détestais tout dogme figé, toute uniformisation des règles, toute vérité unique et stable, le pluralisme serait le gage de notre union. Dans ce train qui nous emmenait à Eu, Nathalie m'a dit en souriant, devant tant de divergences acceptées : « En somme, il s'agirait surtout d'une association de malfaiteurs ! » Vingt ans plus tard, à la New York University, parlant de sa voix douce à un vaste public mi-intellectuel, mi-mondain, réuni pour nous entendre en compagnie de Simon et Pinget, elle du moins a voulu me rendre justice : son œuvre, qu'elle savait importante mais croyait autrefois vouée au silence, avait émergé de l'ombre grâce à ce qu'elle appelait mon énergie et mon optimisme.

Certes, le Nouveau Roman n'a jamais été une école, encore moins une théorie littéraire d'ensemble. Son existence même en tant que groupement d'écrivains a, depuis le début, été contestée, souvent par ceux-là tout d'abord que l'on considère comme les protagonistes du mouvement. Demandez à Butor, à Pinget, à Duras, à Ollier, même à Sarraute, si leurs livres font partie du Nouveau Roman. Aucun ne l'admettra sans réticence, presque tous voudront aussitôt préciser leurs réserves, plusieurs d'entre eux (pas toujours les mêmes selon l'époque) opposeront à un tel classement de violentes et totales dénégations. Je ne puis dire que cela m'ait jamais beaucoup dérangé, ni, hélas, beaucoup surpris. Et, en fin de compte, mon amicale obstination aura triomphé de leur frilosité prudente, ombrageuse, égocentrique.

Car voilà pourtant un bon tiers de siècle que les revues, magazines spécialisés ou journaux populaires rassemblent avec constance ces noms-là aux côtés du mien, parlent à leur sujet de Nouveau Roman (même si c'est pour répéter, inlassables depuis les années 50, que cette fois-ci en tout cas il est mort !), voilà déjà trois décennies que manuels scolaires et encyclopédies lui font une place de choix dans le XXᵉ siècle, que les ennemis le vitupèrent, qu'on se plaint de sa prétendue dictature passée, que l'on remarque (souvent avec aigreur) l'impact considérable qu'il a eu bientôt et conserve toujours à travers le monde, des Etats-Unis au Japon et à la Chine populaire, de la Suède à la Nouvelle-Zélande, ou encore dans les pays arabes. Le prix Nobel qui a récemment distingué Claude Simon et qui pouvait aussi bien échoir à Nathalie Sarraute (pas à moi, qui ne possède pas un aussi respectable profil !) n'est qu'une preuve parmi d'autres de ce phénomène incontestable, désormais historique.

En fait, les hésitations des Nouveaux Romanciers à en accepter l'étiquette proviennent, à l'évidence, de la liberté créatrice revendiquée à juste titre par chacun. S'ils se sont trouvés réunis, c'est précisément par l'esprit d'invention personnelle qui caractérisait les uns et les autres, par leur commune volonté d'indépendance : c'est leur différence fondamentale qui permet, dès l'abord, de les rassembler. En effet, ce Nouveau Roman (les œuvres en témoignent), loin d'obéir à un droit canon, quelque codex d'écriture spécifiant obligations et interdits, est demeuré incessante recherche et chaque écrivain devait y poursuivre son aventure individuelle jusqu'au bout, sans se préoccuper de conformité ou non à des règles communautaires, pas plus que d'invariance dans la direction particulière choisie pour lui-même.

En dépit des formules combatives fréquentes, dans

*l'Ere du soupçon* comme dans *Pour un nouveau roman,* il n'y a donc jamais eu de dogmatisme, pas de pape ni d'excommunication, pas de maître ou maîtresse d'école, ni élèves, ni seconds rôles, ni chef de file. Ce qui rapproche ces solitaires – sur les rares photos « familiales » ou lors de colloques, rue Bernard-Palissy, à Cerisy-la-Salle, en Amérique ou ailleurs – c'est leur passion exploratrice, leur foi en la nécessité de formes sans cesse nouvelles, ouvertes et libres, sans concessions ni retours en arrière, c'est-à-dire leur refus d'accepter les normes du récit dit « réaliste » léguées par le XIXe siècle commençant, dont la critique académique prétendait il y a peu faire une loi éternelle.

Ce qui explique, entre autres choses, que leurs prédécesseurs le plus souvent cités, immédiats ou non (à ceux figurant déjà ci-dessus, il faudrait ajouter Dostoïevski, Borges, Queneau, Nabokov...), apparaissent aussi différents les uns des autres que le sont entre eux les Nouveaux Romanciers eux-mêmes. Croit-on vraiment que, pour constituer une Eglise, j'aurais choisi une telle assemblée d'hérétiques ? Mais ce n'est sans doute pas un hasard, cependant, si notre groupe semble avoir suivi au cours de ces quarante années des évolutions plus ou moins parallèles et se lance à présent, comme d'un commun accord, dans des entreprises voisines, bien que cette fois encore remarquablement distinctes, de subversion autobiographique.

Comme il a été indiqué dans un volume précédent, je suis né le 21 novembre 1889, c'est-à-dire – si je ne fais pas erreur – le jour même où le bon empereur du Brésil don

Pedro II, libéral, réformateur, antiesclavagiste, qui avait si bien servi son pays au cours d'un demi-siècle de règne (sans compter les années de régence, puisqu'il recevait la couronne à l'âge de six ans), est chassé du pouvoir par un complot militaire. Son héritière légitime, donna Isabella, comtesse d'Eu, très impopulaire et déjà réfugiée en Normandie depuis plusieurs mois, m'a tenu sur les fonts baptismaux, à Quimper, dans notre crypte privée de la cathédrale (le nom de Corinthe, porté par ma famille depuis sept siècles, est une déformation hellénique de l'ancienne appellation qui désignait notre fief médiéval : Quimper-Corentin). Alain Robbe-Grillet raconte dans ses mémoires qu'il y avait encore au château d'Eu, lorsqu'il y a connu Nathalie Sarraute, une splendide vaisselle dorée aux armes de don Pedro, dans laquelle les vieux domestiques de la comtesse de Paris (qui était aussi une Bragance) leur servaient les repas du colloque.

A Heropolis, dans ma chambre du Lutetia, trônait en face de mon immense lit, digne de Sardanapale, un magnifique portrait à cheval et en tenue d'apparat du souverain déchu, mais toujours vénéré par la jeune république, depuis longtemps mort en exil. Me réveillant ce jour-là, après une sieste plus longue que de coutume, j'ai de nouveau été frappé par le regard halluciné de l'étalon noir, cabré comme à la parade, la tête tournée de côté dans ma direction. L'œil exagérément brillant de la bête attire presque toute l'attention, le reste du tableau demeurant dans une sorte de crépuscule, à cause sans doute des teintes trop foncées de cette robe aux luisances ténébreuses, du costume royal chamarré mais d'une couleur pourpre très sombre, d'un casque à mentonnière enfin dont le panache noir retombe jusque sur le visage du cavalier, retiré dans l'ombre, effacé, presque absent. Le décor alentour, peu discernable, représente quelque chose comme un champ de bataille, pendant la jeunesse du monarque, probablement lors des longues guerres soutenues contre le Paraguay.

Dans une glace de la salle de bains, j'ai inspecté mon propre œil, enfoncé d'habitude au creux de l'orbite, qui m'a paru trop brillant lui aussi, le globe anormalement sorti, gonflé peut-être, et, à la base du cou sur le côté gauche, j'ai aperçu pour la première fois les deux petites cicatrices fraîches, double marque en amandes parallèles d'un rouge brunâtre, sensible au toucher, qui pouvait avoir pour origine la morsure nocturne d'une grosse araignée venimeuse, dont plusieurs espèces sont très répandues dans les campagnes environnantes, exceptionnelles en ville cependant.

Est-ce le poison transfusé dans mes veines par les chélicères crochus de la bête, en échange du sang chaud dont certaines mygales sont friandes, suçant parfois jusqu'à la dernière goutte celui de petits mammifères endormis – lièvres, agoutis ou renards – bientôt momifiés vivants dans leur dernier sommeil, qui m'engourdit ainsi le cerveau et noie mes souvenirs récents dans une brume cotonneuse ? Je m'asperge longuement le visage avec de l'eau froide, hélas plus que tiède, et j'essaie de replacer en bon ordre les événements imprévus qui ont marqué cette première semaine écoulée depuis mon arrivée ici, où rien ne se déroule selon mes plans, minutieusement préparés.

En dépit d'un rendez-vous précis, fixé par une conversation téléphonique dont les précautions codées laissaient pourtant toute clarté au message, je n'ai pas retrouvé B.

qui devait me remettre des lettres de créance avant mon départ pour Asunción. N'ayant plus aucun moyen de le joindre désormais, ce qui m'avait d'abord paru un simple contretemps peut en fait se prolonger de façon indéfinie. Le surlendemain de mon installation à l'hôtel Lutetia (est-ce le même jour que cette entrevue manquée ?), un soi-disant professeur allemand m'aborde sur la terrasse du café Maximilien. Presque au même instant, une mendiante noire aux allures de Quasimodo me vend deux cartes postales représentant la plage. Sur l'une d'elles, je figure moi-même parmi les clients du café.

L'inquiétant Teuton, qui se fait appeler Van de Reeves, semble parfaitement renseigné sur mon identité réelle. Je m'en aperçois trop tard, dans ma suite du Lutetia où je me sens glisser vers un piège à l'appât délicieux : une adolescente humide et soumise dont mon proxénète germanique prétend être le père. Dès le jour suivant je trouve ma place favorite, à la terrasse du Maximilien, déjà occupée par mon double. Et, en rentrant chez moi, je vois sur le registre de l'hôtel qu'un deuxième Henri Robin (également faux, peut-être) y a pris la veille une chambre, le numéro 201, qui se trouve donc juste au-dessus de la mienne...

Quelque chose me paraît aussitôt impossible dans une telle chronologie. Je conserve en effet la nette conscience de n'avoir pas quitté mes appartements depuis l'épisode Marie-Ange... Mais quel épisode exactement ? Et combien de temps a-t-il duré ? Est-ce bien concevable que la pulpeuse nymphette soit demeurée entre mes griffes tout un après-midi, puis une nuit entière, ou peut-être même davantage ? Quelle heure est-il au juste ? Et quel jour sommes-nous ? Disparue sans laisser de trace, qu'est devenue ensuite cette proie de rêve ? De toute manière, la découverte de mon sosie se situerait avant ma rencontre avec l'Allemand et l'achat consécutif de la petite esclave piégée. Je me souviens pourtant avec une parfaite certitude que les cartes offertes par la vieille négresse difforme, sur la plage, m'étaient apparues sans hésitation comme contenant ma propre photographie, et je me demandais donc à quel moment on aurait pu la prendre. Si la présence dans les lieux d'un personnage me ressemblant trait pour trait m'avait été connue auparavant, j'aurais évidemment estimé plus vraisemblable que cet homme-là (et non pas moi) figurât sur les clichés, puisque je venais tout juste d'arriver à Heropolis.

Je retrouve sans mal, dans le tiroir de ma table de nuit, les deux images glacées, tirées en couleurs au format des cartes postales ordinaires, et je découvre alors avec stupeur ce qui m'avait échappé dans mon trouble, lors de leur acquisition précipitée : ce n'est pas en un seul exemplaire que j'y apparais, mais *deux fois,* deux fois sur la même photo. On m'y reconnaît en effet, vu de dos, assis à ma place habituelle et surveillant la plage par-dessus mon journal, à demi déployé en dièdre. Mais, au même instant, on m'aperçoit de trois quarts face, un peu plus loin entre les tables, arrivant du rivage par la droite, c'est-à-dire le côté du café Rodolfe où je viens de me résoudre à ne plus attendre B., en retard de presque deux heures alors que ce haut personnage est d'une ponctualité légendaire.

Je n'ai guère le temps de m'appesantir sur cette nouvelle énigme, dont l'irruption bouleverse toutes les données antérieures de mon raisonnement, car je suis aussitôt glacé d'horreur par la seconde photographie, qui m'avait semblé anodine ce jour-là et que j'avais acquise dans le seul but de masquer l'émotion causée par la première, sous le regard inquisiteur d'un Van de Reeves devenu soudain muet, qui sans aucun doute guette mes réactions à l'épreuve. Je reconnais maintenant au premier coup d'œil ce gros plan d'une chaussure féminine, à très haut talon aiguille, l'empeigne garnie de paillettes bleues métallisées, dont l'intérieur est taché de sang : c'est exactement l'image (même objet, même position couchée de guingois et même lanière à la boucle défaite, même cadrage, même sol de sable fin, éclaboussé par les gouttes vermeilles) qui se trouvait reproduite, en noir et blanc mais encore agrandie, sur la double page du *Globe* consacrée aux crimes sexuels, que mon sosie tenait grande ouverte devant ses yeux lorsque je l'ai vu en chair et en os, immobile tout à coup, comme fasciné par cette illustration, à moins que le journal ne serve au contraire d'alibi pour épier plus à l'aise, derrière ce paravent à peine abaissé, la plage, les jeunes baigneuses à demi nues, le monde interlope des prétendus touristes.

Un rire moqueur, aux échos fruités et sensuels, d'une élue nommée Marianic qui vient de lancer le léger ballon rose à l'une de ses complices après une souple feinte féline, me traverse à ce moment d'un inexplicable effroi. Je porte instinctivement la main vers la base de mon cou, du côté gauche, mais sans oser atteindre, même du bout des doigts, cette zone tendre où repassait à l'instant, une fois encore, la fugitive douleur imaginaire, poisson des profondeurs dans l'eau glauque aux reflets mouvants...

Laissant mon geste interrompu (on me surveille), je me réfugie derechef dans la lecture de l'article lui-même, que pourtant je connais déjà par cœur.

Les adjectifs employés ici par le rédacteur anonyme sont, comme d'habitude, fortement marqués de connotations sado-érotiques. Si cette rubrique de notre quotidien national a tant de succès auprès du public, c'est qu'elle est tenue par de véritables spécialistes, et non pas, comme dans les autres publications de la grande presse, par des chroniqueurs à tout faire. Mais, ce qui m'inquiète à présent, c'est que le journaliste semble aujourd'hui faire allusion – et parfois de façon peu voilée – à des détails intimes que personne en principe ne devrait connaître (sinon le dangereux maniaque demeuré jusqu'ici introuvable), dont les enquêteurs de la brigade spéciale n'ont en tout cas jamais fait état publiquement. L'auteur sans nom en saurait-il trop sur cette affaire, à laquelle il se trouverait lui aussi mêlé ? Ou bien, au contraire, s'agit-il là de ballons d'essai, lancés un peu au hasard sous l'inspiration de la police pour inciter le criminel à commettre une faute qui le démasquerait ? Le comte Henri ne va certes pas se laisser entraîner hors du sage chemin par d'aussi grossiers stratagèmes !

Levant imperceptiblement les yeux, sans bouger le visage, il dirige à nouveau toute son attention, par-dessus les fines dentelures constituant le bord du papier, vers les adolescentes à la chair d'or qui poursuivent leurs ébats alléchants, leurs roucoulements de gorge, leurs cris prometteurs, leurs voluptueuses contorsions obligées, leurs plaintes, leurs abandons, toujours dans la plus parfaite innocence simulée. Désormais sur le qui-vive, Corinthe se méfie. S'il aime bien que les très jeunes filles, livrées à sa merci pour quelques poignées de cruzeiros, lui jouent leur comédie de candeur effarouchée, d'une obéissance encore maladroite, ou même de la révolte, il lui faut cependant qu'elles se trouvent alors sans défense entre ses mains, prisonnières dans quelque retraite sûre où l'issue de ces plaisirs préliminaires ne fait aucun doute, avec ou sans dressage préalable, sévices charnels plus ou moins brûlants, chevalets divers, anneaux et cordelettes... (avec coercition et longs châtiments, d'ailleurs, de préférence).

Bien que toutes choses soient offertes ici sur le marché, à condition d'y mettre le prix, ce Brésil n'est pas vraiment le paradis de tels fantasmes : la liberté sexuelle y est trop grande. Le rigide Japon et tout l'Orient extrême, en revanche, favorisent leur plein épanouissement, sans qu'il soit besoin d'y recourir aux prises de guerre. Punitions humiliantes, liens cruels, postures contraintes, tourmentées, y font partie de l'éducation traditionnelle des petites filles, qui apprennent ainsi de bonne heure à les subir avec grâce, tout en les fleurissant bientôt de leur propre extase. Après le succès public du film *Trans-Europ-Express,* j'ai fait la connaissance d'une jeune métisse vietnamienne fort enthousiaste, qui a dû abandonner son tendre ami américain (un acteur connu) parce qu'il refusait avec horreur de l'attacher en croix de Saint-André au lit d'amour, muni pourtant chez eux d'émouvants barreaux en cuivre.

A la fin d'un repérage cinématographique (pas de temps, cette fois, pour les plaisirs particuliers) qui nous a menés de Macao à Kuala Lumpur, en ce printemps 90, par un hasard plaisamment objectif comme il s'en forme chaque jour sous nos pas, dans le bon vieil hôtel Continental de Saigon où j'erre à travers les salons coloniaux restaurés à l'ancienne, entre deux séances de travail avec mon assistant au génie précoce, je tombe sur un numéro abandonné de *France Soir,* datant d'au moins deux mois et déjà en lambeaux, où s'étale en pleine page, sous une horrible photographie lacérée, un grand interviou de Marguerite Duras. A une question du journaliste concernant le Nouveau Roman, elle répond bien entendu (comme tout Nouveau Romancier qui se respecte) qu'elle n'a rien à voir avec ce groupe. Et elle ajoute : « C'est à partir de *Moderato cantabile* que Robbe-Grillet a voulu me recruter. Quant il a vu que le livre défonçait les frontières, il a voulu en faire profiter le Nouveau Roman. » Je ne peux m'empêcher de sourire : les grands écrivains ont la mémoire courte. Mais ici, quand même, ma petite Marguerite, il y a des preuves matérielles – historiques, si j'ose dire – qui tempèrent sérieusement ta version des faits.

Un récit assez court, qui deviendra le début de *Moderato,* était paru dans la revue des *Lettres nouvelles.* A l'affût de toutes les tentatives téméraires qui agitaient en ces années bénies l'écriture romanesque, j'ai vu aussitôt qu'il y avait là aussi – dans tes hâtives pages – une belle force de subversion au sein même des formes narratives, que nous étions déjà quelques autres à mettre en question chez Minuit. Pardonne-moi de te comparer, ô toi, l'incomparable ! (Mais tu étais à cette époque pleine d'une liberté légère, drôle, amicale, disponible, et tu craignais moins qu'aujourd'hui de tels rapprochements, puisque tu n'hésitais pas à faire bientôt des tournées de conférences en trio, avec Sarraute et ton serviteur, à travers la Belgique ou l'Angleterre.)

Je t'ai donc suggéré de poursuivre cette histoire (après y avoir supprimé, peut-être, certaines naïvetés dans le genre « cri du cœur », si tu ne les jugeais pas indispensables) et de donner le livre aux Editions de Minuit, où serait sa place naturelle. Ainsi fut fait. Et ce roman, *Moderato cantabile,* marquait le tournant moderniste de ton œuvre. Mais n'est-il pas difficile, dans ces conditions, de prétendre que j'aurais attendu son succès pour m'intéresser à lui ? Quant au début de percée hors frontières dont tu as bénéficié à cette occasion (où Minuit d'ailleurs avait probablement sa part), il ne faut pas non plus l'exagérer : rien à voir avec ce que fera *l'Amant* ! Et mes propres petits travaux, ou ceux de Sarraute, n'avaient, sur ce point en tout cas, rien à t'envier.

Nous nous affligeons toujours de voir les écrivains que nous lisons avec passion, dont nous admirons les œuvres sans réserve, faire preuve d'autant de mesquinerie : jamais aucun d'entre eux ne voudra reconnaître ce qu'un éditeur aura fait pour sa carrière, sa renommée, son avenir, l'épanouissement de son génie. Certes, les auteurs font le renom de la maison qui les publie. Pourquoi ne pas voir que la réciproque est vraie tout autant ?

Ce n'est pas, hélas, l'opinion répandue chez les gens de lettres. Si un livre se vend, c'est immanquablement grâce aux qualités merveilleuses de l'écrivain. S'il tombe à plat, ou si seulement il ne rapporte pas tout à fait autant d'argent ni de gloire que l'auteur en espérait, c'est bien sûr par la faute de l'éditeur, qui n'a pas fait ceci, qui rechignait à payer cela, qui aurait dû..., qui aurait pu..., etc. On croirait quelquefois que la principale raison d'être des maisons d'édition serait d'enterrer les livres, après avoir saboté leur diffusion comme leur lancement. (Duras ne parle-t-elle pas maintenant de « la cave Minuit » ? Parenthèse ajoutée en septembre 91, tandis que je recopie à New York ce passage griffonné six mois plus tôt.)

Et il y a une chose qui est insupportable entre toutes, c'est quand elles se permettent – ces officines d'inculture et de pingrerie – de suggérer telle correction, de conseiller telle voie, de préférer tel titre... Tu te rappelles, Marguerite, qui a rajouté ce « *dit-elle* » si durassien, rythmant désormais l'infinitif « *Détruire* » sur la couverture de ton roman ? (Les remarques précédentes, sur les insupportables corrections proposées par l'éditeur, deviennent gaiement prophétiques, quelques mois plus tard, quand on a lu les récentes déclarations de M.D. sur Jérôme Lindon, dans la presse.)

J'ai envie tout à coup de raconter... Et pourtant j'ai tort : je vais paraître mesquin à mon tour, aigre, rancunier, jaloux. Et puis, si j'écris « j'ai fait ça », j'aurais l'air de vouloir tirer la couverture de mon côté, alors que, pendant vingt ans, nous avons tout fait ensemble, dans la collection blanche et bleue, Jérôme et moi. Mais, si je dis « nous », je vais cette fois le mettre mal à l'aise devant ses trop susceptibles auteurs. Tant pis ! Une anecdote, en tout cas, me semble trop belle, trop significative, pour devoir être tue. Je l'ai, de plus, déjà rapportée oralement dans des conversations publiques ou intervious, lorsqu'on me posait des questions sur le sujet. Il s'agit cette fois de mon cher Claude Simon, qui, concernant ses œuvres, montre à peu près autant d'humour et de détachement que Duras en personne. Voici donc.

J'enseigne à la New York University pendant l'automne 85, quand je reçois un appel téléphonique de *Paris-Match,* m'annonçant le Nobel de Simon. Je saute de joie. La carrière internationale de notre camarade reste un peu à la traîne, à cause des difficultés stylistiques rencontrées par ses traducteurs. Le prix suédois va enfin permettre l'essor que nous attendions. Et c'est, en un sens, tout le Nouveau Roman qui se trouve glorifié. Mon journaliste parisien me déclare alors : puisque cela vous fait tant plaisir, vous devez écrire un article pour *Match.* Je recule aussitôt, selon mon habitude : je ne sais pas faire ce genre de travail, je n'ai guère la plume facile, il me faudrait du temps, je risque de ne pas être assez public... L'autre interrompt mes dérobades : « Voilà dit-il, la situation : un très mauvais papier, bête et injurieux, doit paraître dans nos pages. Il n'est possible d'arrêter ça que si j'apporte très vite un autre texte, signé par un écrivain connu, appartenant à la même école, etc. »

Toute question d'amitié mise à part, il est évident que je n'ai aucun intérêt à laisser massacrer Simon. Je demande quel serait le délai. Il faut que je dicte mes cinq feuillets lundi matin, par téléphone. Nous sommes en fin de semaine. Et il n'est pas question, ajoute mon correspondant, de parler formes ou théories littéraires. Ce qu'il faut, c'est raconter des petites histoires personnelles montrant le caractère de l'homme, sa simplicité, sa gentillesse, les aléas de son destin... J'y passe donc tout mon week-end, à Sagg-harbor (vers l'extrême pointe de Long Island) dans la grande maison campagnarde de Tom Bishop, comblé lui-même par ce triomphe de notre ami commun. Mon pensum achevé, je le fais lire à Tom, qui ne trouve rien à reprendre et juge l'hommage aussi efficace que fraternel.

J'y relate, en particulier, comment j'ai connu Claude. A l'abbaye de Royaumont, où j'exerçais quelques fonctions épisodiques, un très jeune homme déjà fort suspect, mais ne manquant pas de drôlerie à cette époque lointaine, Jean-Edern Hallier que m'a confié un peu plut tôt son général de père (l'adolescent n'avait pas l'âge requis pour résider sous les augustes voûtes apocryphes), Jean-Edern, donc, me passe le manuscrit du *Vent,* qui devait paraître chez Calmann-Lévy. Je le lis d'une traite, dans le plus grand enthousiasme. Je demande à rencontrer cet auteur dont j'ignore tout. L'entrevue a lieu sans attendre, rue Bernard-Palissy, dans le bureau de Jérôme Lindon à qui j'ai tout de suite communiqué le beau texte et dont l'opinion confirme la mienne.

Nous disons en chœur notre admiration à ce quasi-inconnu et nous déplorons que ses livres soient publiés depuis un certain temps sous la couverture d'un éditeur qui semble peu fait pour eux. Simon objecte qu'un contrat est cependant un contrat. Parlant alors plus en détail de son roman, je lui pose la question qui me brûle les lèvres : pourquoi, vers la fin de ce déroulement magnifique, emporté dans un opaque flot de tempête, doit-on tout à coup tomber de si haut pour lire des passages explicatifs, inutiles et fades, intercalés comme d'absurdes garde-fous en travers de l'accomplissement inéluctable et tumultueux ? Claude Simon répond sans hésiter que ces chapitres-là ont été rajoutés après coup, que – selon son point de vue personnel – ils n'appartiennent pas au corps du travail écrit, mais qu'il est obligé (pour calmer Calmann) de rationaliser un peu sa narration en fin de course ; sans cela, son livre sera refusé. « Eh bien, disons-nous, Jérôme et moi, c'est parfait : vous supprimez ces rajouts qui défigurent l'œuvre, votre éditeur renonce à la publication, et vous venez chez nous. »

Le stratagème sera en fin de compte inutile, Lindon ayant découvert fort à propos qu'un contrat antérieur de l'écrivain avec le Sagittaire rendait caduc celui de Calmann-Lévy. *Le Vent* paraît donc à Minuit, évidemment sans les séquences normalisatrices, qui n'avaient plus aucune raison d'être... Et mon article paraît dans *Match*... Je reçois aussitôt un coup de téléphone sévère et affolé de Lindon : Claude est furieux qu'on ait raconté cette histoire, il veut envoyer au journal un démenti cinglant, etc.

Je tombe des nues : « Mais, Jérôme, tu te rappelles l'entretien dans ton bureau, et les passages en question et le conseil que nous lui avons donné en commun de les supprimer totalement ? » Claude Simon assure – m'est-il répondu – qu'il ne s'agissait pas de plusieurs chapitres, mais d'un seul *... « Bon, dis-je, je ne vois pas ce que ça change. Tu devrais lui conseiller de faire un effort

* Après consultation, dans les archives de Minuit, de l'article publié par *Match*, il apparaît que j'y avais écrit : « Je lui ai demandé pourquoi son roman, emporté du début jusqu'à la fin par une violence narrative comparable à celle de l'ouragan, se trouvait coupé çà et là (et à mon sens affaibli) par d'étranges ruptures de ton, accompagnées de soudaines baisses d'intensité : des chapitres intercalés dans le corps du récit et rédigés d'une écriture beaucoup plus sage, plus traditionnelle... » On pouvait en conclure – paraît-il – que ces rajouts explicatifs étaient très nombreux et qu'il y en avait un peu partout dans le livre. Cela ne correspondrait ni à mon souvenir (plusieurs petits chapitres dans la dernière partie du volume) ni à celui de Lindon (un seul chapitre, tout à la fin). Que justice soit donc rendue à Claude sur ce point d'histoire.

d'intelligence : s'il publie une lettre de rectification pour affirmer très haut que les fragments explicatifs supprimés étaient rassemblés en un chapitre unique, il va bêtement attirer l'attention sur ce point dont on comprendra surtout que le bât l'y blesse, alors que personne n'a porté le biographème à son discrédit, bien au contraire, et que l'article a été jugé par tout le monde – sauf lui – parfaitement chaleureux. »

Jérôme Lindon parvient, non sans mal, à panser les démangeaisons de Claude. Et je n'entends plus parler de cette affaire. Pendant deux années, je me trouve ne plus rencontrer mon irascible collègue. Je voyage beaucoup, lui aussi, surtout depuis son Nobel. En France, nous habitons plus volontiers, l'un comme l'autre, en province. Un grand déjeuner de NYU, organisé à Paris par Bishop, nous réunit enfin à nouveau. Dès son entrée, je me précipite sur Claude pour l'accueillir à bras ouverts, sans rancune. Il veut se détourner, semble hésiter à me reconnaître ; puis, faisant mine de me remettre soudain : « Ah oui ! L'auteur du *Vent* ? », comme si je m'étais vanté d'être le véritable père de son livre ! Je me trouvais à ce moment-là en compagnie de Nathalie Sarraute, à qui j'ai dû expliquer l'origine de la pique et pourquoi Simon m'avait ensuite si cordialement tourné le dos. De son ton suave, avec ce demi-sourire dont on ne sait jamais s'il est d'une méchanceté épouvantable ou très indulgent, Nathalie m'a répondu que, sans aucun doute, notre chatouilleux confrère ruminait sa phrase depuis deux ans.

Quelle misère ! Bien que je ne sois pas, aujourd'hui plus que jadis, enclin aux jérémiades, l'évocation de ces petites histoires tristes me ramène dans la bouche un goût plutôt amer. Non, certes, la solidarité entre ces écrivains que j'aime, que nous avons choisis, Jérôme et moi, pour les réunir sous l'étoile noire à filet bleu, n'a pas été souvent telle que je la rêvais, il s'en faut de beaucoup... Cela pourtant n'enlève rien à leurs œuvres. Dans celle de Claude Simon, il n'y a pas trace de la moindre petitesse, ni de sécheresse rapace dans celle de Marguerite Duras. Mais on aurait du mal, aussi, à retrouver la stupéfiante grandeur de la *Tétralogie* ou de *Tristan* dans la vie privée de Richard Wagner. (Et Dieu sait quelle image j'ai pu laisser de moi, ici ou là, sans m'en douter.)

Non, la générosité, ou même la simple reconnaissance, n'apparaissent guère, dans l'ensemble, comme allant de pair avec le génie. Certes, il y a des exceptions. Sartre, sans doute, en serait une, dont même la faiblesse de caractère ne reflétait qu'un si ardent désir de gentillesse et de compréhension envers son interlocuteur. A l'intérieur, en tout cas, de ce groupe (vaille que vaille indestructible) qu'on appelle Nouveau Roman, si je ne prétends pas être le plus jalousé par mes petits camarades, probablement aurai-je été du moins celui dont les autres se méfiaient le plus, on peut même dire le plus haï, par moment, suspecté toujours des desseins les plus noirs, des combinaisons les plus retorses, à cause tout d'abord de mon rôle – réel ou supposé – auprès de l'éditeur, cet ennemi atavique, mais aussi pour le titre fort inadéquat de « chef d'école » dont m'ont gratifié longtemps les gazettes.

Sur ce point-là, avouons-le, je comprends l'irritation de mes pairs. Il est possible aussi qu'ils ne m'aient jamais pardonné ce que je faisais pour eux, c'est-à-dire précisément la patiente concrétisation, bon gré mal gré, d'un mouvement littéraire qui aura marqué un grand quart du siècle, même si les intéressés n'en acceptaient l'existence qu'au mieux du bout des lèvres, mais dont ils comprenaient dans leur for intérieur que je n'étais pas le seul à profiter.

Quant à moi, je souhaite répéter ici avec force combien ma chance a été grande d'avoir rencontré Jérôme Lindon et qu'il ait si vite adopté, à Minuit, les mêmes options littéraires que moi. Mais n'oublions pas qu'il avait déjà édité *Molloy* avant de me connaître. Et c'est lui qui, ensuite, a pris l'initiative de ce qui reste le seul vrai travail communautaire du Nouveau Roman : le « Dictionnaire ».

Rien d'étonnant à ce que Jérôme ait été à l'origine du projet. Passionné depuis l'adolescence par les dictionnaires en tout genre (je partageais d'ailleurs, et encore aujourd'hui, ce goût encyclopédique), il avait aux heures les plus noires des Editions, pendant l'une de ses longues marches dominicales à travers Paris, rencontré un colonel à la retraite qui promenait par les ruelles et passages une petite cohorte d'amateurs, friands de traces historiques et des fantômes du passé. Il s'était joint à la visite guidée, acceptant pour une fois de freiner l'ardeur de ses longues jambes. (Lors des rares circonstances où j'ai jadis voulu le suivre dans son épuisant marathon, je trottais à quelques mètres derrière lui, qui, retourné vers moi sans ralentir une minute son allure normale, me criait la suite d'une discussion littéraire dont je percevais les bribes de plus en plus mal, à mesure que je perdais du terrain.) Le soir même de son circuit pédagogique avec le colonel Hillairet, il mettait en chantier le premier volume d'*Evocation du vieux Paris,* préfiguration de l'énorme *Diction-*

*naire historique* qui n'a pas peu contribué à sortir ses finances de la menaçante faillite.

Notre entreprise nouveauromanesque avait, plus modestement, pour objectif d'établir un répertoire alphabétique de toute la terminologie utilisée par la critique au pouvoir, dans les grands journaux parisiens ou hebdomadaires, et d'en donner les définitions précises qui auraient démasqué l'idéologie de nos ennemis, sous l'innocente apparence de leur prétendu « naturel ». Les séances avaient lieu chez Jérôme, dans son grand appartement du boulevard Arago. Chacun y arrivait avec le ou les articles dont il s'était vu chargé la fois précédente ; nous en pesions alors les moindres implications dans une discussion générale pleine de sagesse et de sérieux...

Mais il y avait trop de monde. Outre les romanciers du groupe, nous avions fait appel à une pléiade d'essayistes dont le modernisme n'était pas toujours évident. Mis à part Roland Barthes et son ami brechtien Bernard Dort qui s'affirmaient plus ou moins de notre bord, on rencontrait là Bernard Pingaud, Jean Pouillon, Marthe Robert, Michel de M'Uzan et beaucoup d'autres encore. Si bien qu'il devenait impossible de mettre au point des textes assez brefs pouvant être acceptés par tous. Barthes proposa de signer chaque article isolément du nom de son rédacteur. Il fallut vite admettre que la plupart des termes importants, d'allure anodine, dont nous entendions dévoiler le sournois mensonge, comporteraient autant de définitions séparées que nous étions de participants actifs... Bientôt, noyés dans la masse des documents contradictoires, nous renoncions à notre belle expérience chimérique. Barthes prononça le discours d'enterrement.

Outre que ce « Dictionnaire » avorté avait malgré tout permis à chacun de progresser dans ses clarifications personnelles, le principal intérêt pratique en subsistait de nous rendre à la douloureuse (exaltante ?) évidence : nous n'étions pas faits pour les ouvrages collectifs, mais pour l'aventure solitaire, nous étions des individus. Ce que Minuit a représenté pour nous, pendant deux décennies d'ardente fièvre, c'est avant tout un espace de liberté créatrice, intense bien que vouée à demeurer individuelle. Sans Jérôme Lindon et sa combative maison, Dieu sait quels chapitres dérisoirement explicatifs, j'aurais pu rajouter moi-même, par lassitude, à mes petits travaux hallucinés et abrupts, pour satisfaire quelque grand éditeur soucieux de les rendre plus « compréhensibles ».

Je ne vois d'ailleurs aucune espèce de hasard si c'est à partir de *Moderato* et du *Vent*, donc de leur entrée à Minuit, que Simon comme Duras se sont, chacun suivant sa propre voie, accomplis de livre en livre d'aussi éclantante façon, même pour les récits que la seconde donnait encore ailleurs, *Andesmas* ou *Lol V. Stein*. Oui, j'ai toujours refusé le terme d'école pour caractériser notre mouvement, puisque chacun de nous y suivait un chemin isolé, unique et « incomparable ». Eh bien, si, cependant : c'était une école de liberté.

Pourquoi ne pas admettre même (quelle honte y aurait-il ?) que des interactions réciproques aient eu néanmoins loisir de s'exercer, d'un auteur à l'autre ? J'imagine, pour ma part, avoir très bien pu subir quelque influence souterraine venant de Robert Pinget, dont je lisais chaque page avec une adhésion émerveillée, jubilante, depuis ce *Mahu ou le matériau* publié d'abord chez Laffont dès 1950 et signalé à Minuit par Samuel Beckett, qui apparaît encore aujourd'hui comme fabuleusement en avance sur toute autre réflexion *théorique*, concept que Robert refuse avec tant de véhémence. Théoricien ? Surtout pas ! Mais si, au contraire, théoricien comme Diderot, comme Flaubert, comme Proust, comme Mallarmé, ni moins ni plus.

La réticence à ce sujet vient d'un malentendu : qui entend « théorie » comprend « dogmatisme ». Alors que rien n'est plus mouvant, instable, explorateur, que le véritable esprit théorique, inquiet de toujours remettre en question l'acquis, sans cesse ouvert du côté d'un futur possible, dans les sciences fondamentales en particulier. Quant à la crainte de se voir enrôler sous quelque bannière normalisatrice (comme l'a voulu faire notre Jean Ricardou dans son OPA sur le Nouveau Roman), elle va de soi, puisque chacun de nous a surtour l'orgueil de son absolue différence, irréconciliable avec le reste de la création.

Mais il me semble qu'une foi plus vive encore en notre génie de Grand Architecte nous mettrait au-dessus des suspicions pusillanimes, des hargnes ou des protectionnismes peureux. Jean Baptiste et Jésus, se rencontrant, ne se sont-ils pas mutuellement rendu hommage, mutuellement reconnus, mutuellement baptisés ? Sans compter qu'au sein d'une légion les succès de l'un rejaillissent sur tous les autres. N'est-ce pas méconnaître notre propre intérêt que de voir, dans le camarade de lutte, un encombrant rival injustement choisi par la fortune, ou à l'inverse un ennemi ténébreux cherchant à usurper notre gloire ?

Dans mon article infortuné de *Paris-Match,* quelque chose avait, malgré tout, de quoi surprendre le cavalier Simon : j'y évoquais, le concernant, un témoignage allègrement imaginaire de tel officier supérieur censé l'avoir eu sous ses ordres... le lieutenant-colonel Henri de Corinthe, qui ne pouvait guère chevaucher dans les Flandres au mois de juin 1940, puisqu'il avait perdu lors du précédent conflit toute faculté de se tenir en selle, l'héroïque et inutile charge de Reichenfels lui ayant laissé pour toujours une jambe raide...

Voilà qu'à nouveau je sens vaciller mes certitudes : n'est-ce pas à cheval, justement, que le comte Henri rendait visite à mon père, en Bretagne, dans ma problématique petite enfance ? Je devrais donc avoir l'âge de Nathalie Sarraute, ou peu s'en faut ? Mais, même en acceptant cette hypothèse, les curieuses chasses à courre dans la forêt uruguayenne (dont il a déjà été question ici) ne sont-elles pas, de toute façon, postérieures à la seconde guerre mondiale ?

Une constatation (objective ?) demeure : la fine canne en argent à pommeau d'ivoire n'est pas à l'heure actuelle une simple coquetterie du glorieux dragon. Et, ce matin tout particulièrement, le colonel de Corinthe en ressent l'impérieuse nécessité. Les quelques pas prudents qu'il vient d'accomplir d'un bout à l'autre de sa vaste chambre, depuis la salle de bains jusqu'à la fenêtre centrale, lui ont paru plus pénibles encore que de coutume. Une faiblesse inexplicable s'est répandue pendant la nuit dans tout son corps et des élancements traversent de bas en haut sa cuisse estropiée, à chaque avancée du pied gauche, partant du genou opposé pour s'achever vers la hanche en une douleur plus aiguë selon le parcours de l'ancienne blessure, ce coup de lance qui a failli lui être fatal.

D'après l'ombre de l'araucaria géant dont le fût vertical se dresse juste en face du balcon d'honneur aux sculptures pompeuses, entre une naïade se cabrant à la renverse et un Neptune armé de son trident, sur la Grand-Place piétonne où le pavage en galets noirs et blancs dessine sinusoïdes et arabesques, il doit être onze heures du matin environ, et même un peu plus. Corinthe doit donc se rendre sans tarder au café Rodolphe pour son rendez-vous avec B., venu en personne à Heropolis lui porter ses indispensables lettres d'accréditation, au Paraguay puis en Bolivie... Ainsi aurait-il dormi près de vingt-quatre heures d'affilée, ce qui lui paraît étrange, sinon impossible, peu conforme assurément à son existence normale, où le sommeil occupe une si faible place...

Le soupçon l'effleure à nouveau qu'on lui aurait administré quelque drogue à son insu. Mais il n'a rien bu la veille avec qui que ce soit, mis à part un café noir pris à la terrasse du Maximilien, où l'indiscret Allemand n'aurait pu s'approcher d'une façon suffisante de sa tasse sans lui donner l'éveil. A l'abri des hautes branches de l'araucaria, dont la symétrie parfaite et la raideur évoquent un végétal artificiel, purement théorique, il y a deux jeunes hommes immobiles, des métis au teint clair portant pantalon blanc et chemise blanche ajustée, interchangeables comme des jumeaux avec leurs cheveux coupés en brosse et leurs visages durs, impassibles, bien que dissimulés en grande partie derrière de très grosses lunettes noires. Deux puissantes et noires motocyclettes, qui visiblement leur appartiennent, sont rangées près du tronc, parallèles, d'aplomb sur leurs béquilles, le guidon tourné vers la rue...

Si Corinthe a vraiment dormi tout ce temps-là, et même assez profondément pour en avoir perdu jusqu'au souvenir, peut-être devrait-il s'inquiéter davantage : pourquoi ne pas imaginer aussi bien que son grand sommeil a duré vingt-quatre heures de plus ? Et, dans ce cas...

Mais juste à cet instant, sous l'arbre schématique, s'avance vers les deux métis une vieille mendiante au teint gris fer, toute tordue par l'arthrose déformante, ou du moins en exécutant à la perfection le simulacre, qui leur propose des cartes postales en échange d'une aumône occulte, la mendicité étant interdite dans tout l'Etat par les récentes lois d'exception. Ayant à peine pris d'une main distante son paquet de photographies, le plus proche des deux motocyclistes aux impeccables tenues blanches, presque militaires, relève soudain son visage sans regard vers les fenêtres de l'hôtel et la sculpture allégorique du premier étage. Corinthe se retire en arrière de trois pas vifs, comme s'il avait perçu quelque brûlant danger. Dans son mouvement trop brusque, la lancinante déchirure lui transperce derechef le côté droit. Il n'a néanmoins nulle minute à perdre s'il ne veut pas manquer son rendez-vous, ce qui compromettrait fâcheusement le départ prévu demain pour Asunción.

Sur le point d'ouvrir la porte extérieure du petit vestibule isolant sa suite du couloir, il voit qu'on a glissé dessous une publication populaire imprimée sur mauvais papier, illustrée d'images en couleurs de qualité médiocre mais toujours suggestives. Reconnaissable au premier coup d'œil, il s'agit d'un hebdomadaire portant le nom de *Detective,* qui mélange des faits divers plus ou moins authentiques avec de pures fabulations, données bien entendu comme enquêtes personnelles du journal. Se demandant pourquoi quelqu'un lui aurait destiné cet exemplaire, probablement du plus récent numéro (paru le matin même), Corinthe se met à la feuilleter. Une grimace progressive, qui n'est pas due aux douleurs récurrentes dans sa jambe, déforme bientôt son visage déjà dissymétrique, jusqu'à le rendre presque impossible à identifier.

Comme j'aurais dû m'y attendre, le reportage central, étayé de témoignages divers et de nombreuses photos, concerne le mystérieux assassinat dont les rebondissements défraient la chronique locale depuis deux jours, ou depuis trois, ou même davantage... Les enquêteurs privés y prétendent, entre autres révélations, avoir retrouvé la trace d'un Français nommé Simon qui aurait servi, il y a bien longtemps, sous les ordres du capitaine de Corynthe (ils écrivent le patronyme avec un i grec, comme pour les branches germanique et anglo-saxonne de la famille).

Cela ferait plus de trente ans... Comment extraire désormais d'une mémoire hélas un peu fragile, sans doute déclinante, où ce matin en particulier les plus proches circonstances paraissent floues, une représentation acceptable d'un simple dragon disparu jadis, qui se ferait à présent accusateur ? Il pourrait y avoir eu, en effet, un cavalier portant ce nom-là, mortellement blessé en novembre 1914 dans la forêt de Pertes-lès-Hurles. Mêlé à une troublante affaire d'espionnage et de trahison, où il se serait laissé compromettre par une jeune bohémienne aux charmes ensorceleurs, on n'a jamais su clairement si la fin prématurée de ce brave était le résultat d'un crime, d'un suicide, ou de sa rencontre fortuite avec une patrouille de uhlans. J'ai déjà raconté tout cela, il me semble, dans un volume précédent de mon rapport, ou dans un roman, ou dans ma chancelante autobiographie, je ne sais plus.

Ce jour-là, il est vrai, avait lieu jouxtant cette forêt des Pertes, au nom prédestiné, un événement d'une importance autrement considérable pour le narrateur du présent ouvrage : dans une embuscade, sur la route minée par l'ennemi qui longe, un peu en arrière, nos lignes chèrement acquises la veille, mourait à ma place le malheureux Henri Robin dont j'emprunte l'identité (plus que jamais, aujourd'hui, je m'en félicite) depuis mon retour au Rio Grande do Sul. Quant au cavalier Simon, je crois me souvenir que son prénom était Pierre, ou quelque chose d'aussi banal, alors que l'article de *Detective* l'appelle Jean-Cœur. La confusion fréquente du nom de famille avec le prénom, dans les habitudes brésiliennes, fait d'ailleurs que l'hypothétique et providentiel témoin s'y trouve désigné tantôt comme Jean-Cœur Simon et tantôt comme Simon Jeancœur ; une fois même l'orthographe en devient « Janqueur » ! Voici ce que le prétendu interviou lui fait dire :

Comme la plupart des adolescentes qui fleurissent nos plages huppées, devant la terrasse des trois grands cafés de l'avenue Atlantique, la jeune Marie-Angélica posait, plus ou moins dévêtue, rarement à domicile mais en général dans des studios spécialisés, ou des officines échappant à tout contrôle, pour les photographes professionnels (tel le célèbre David G.) dont les scandaleuses compositions sado-érotiques alimentent l'important marché des revues clandestines, ainsi que les mendiantes de tous âges – quelquefois des enfants – vendant à la sauvette aux étrangers ces cartes postales intimes qui figurent à présent dans le dossier comme pièces à conviction.

En fait, tout le monde suppose que leur travail de modèles n'est qu'un alibi pour ces jolies filles, comme aussi leur appartenance éventuelle à des réseaux de call-girls. L'activité principale qui les fait vivre, et souvent mourir, s'opère pour le compte de la police (des polices, plus exactement : fédérale, mais surtout régionales, supplétives, parallèles, ou franchement irrégulières) à qui elles servent, suivant les circonstances, d'indicatrices, de petites mouches, ou d'appâts.

Vous en savez autant que moi sur ces secrets de Polichinelle. Ne faites pas l'innocent. Votre profession de journaliste-voyeur est encombrée d'une même façon par les auxiliaires des services spéciaux. Il apparaît donc que cette nuit-là, ayant accepté de poser chez lui pour un client inconnu (ce qu'elle n'aurait jamais fait si ce n'était pour obéir aux ordres d'une quelconque brigade des mœurs, des stupéfiants ou des renseignements généraux), la jeune Marie-Angélica aura voulu se défendre contre certaines entreprises hors contrat du photographe amateur. Elle n'avait sûrement pas pour consigne de le tuer : les policiers utilisent d'autres séides, plus aguerris et plus discrets, pour leurs basses œuvres. Mais elle a pu croire que sa propre vie était en jeu (ne parlons pas de son honneur !) : le diable sait quelle folie se lisait alors dans les yeux hallucinés d'un maniaque visionnaire, portés à l'incandescence par ces images qu'il réalisait par miracle ce soir avec une si convaincante perfection, grâce aux talents secrets de l'actrice.

Celle-ci, prise de peur, s'est vite libérée de ses liens (sinon factices, du moins laissés assez lâches par l'opérateur, afin de ne pas effrayer la proie prématurément) pour saisir le premier objet contondant situé à sa portée : une sorte de lance à pointe bifide, quelque chose comme ces harpons vendus ici pour la pêche sous-marine, qui venait juste de servir dans une scène imaginée par l'agresseur où elle jouait évidemment le rôle de la victime, peut-être avec un peu trop de sensualité. Les deux trous rouges à la base du cou, du côté gauche, ne laissent aucun doute quant à l'arme du crime. La seule anomalie se situerait dans un décès curieusement rapide du vieillard (Corinthe, qui est encore loin d'avoir soixante ans, est d'autant plus choqué par ce terme que le nommé Pierre Janqueur, s'il a vraiment fait la guerre de 14, doit avoir lui aussi dépassé la cinquantaine), atteint semble-t-il si profondément, à travers une grosse artère, qu'il aurait perdu tout son sang avant de pouvoir chercher du secours, la jeune fille ayant pour sa part aussitôt pris la fuite.

Le pavillon est isolé, sans téléphone ni domestiques. Et vous avez remarqué, bien entendu, que personne d'autre qu'elle ne figure sur les clichés. La direction de ses regards abandonnés, vers l'objectif, comme l'orientation des accessoires – le harpon par exemple – manœuvrés hors champ par la main d'un supposé bourreau, laissent croire que celui-ci est l'opérateur lui-même (faisant corps avec son appareil), c'est-à-dire désormais celui qui regarde la photographie. Quant à l'identité du mort, elle reste pour moi d'autant plus indubitable que ce faux comte de Corynthe (son titre nobiliaire serait, dit-on, usurpé) avait dès sa jeunesse, pendant la Grande Guerre, été le seul témoin de l'exécution cruelle d'une trop jolie bohémienne accusée d'espionnage, dans une mise en scène tout à fait identique. « Témoin » ou autre chose, vous me comprenez... Fantasme criminel récurrent, diraient les psychiatres.

L'article est évidemment agrémenté du jeu complet des photos que le pervers puni avait prises, dont on a retrouvé la bobine dans l'appareil, où Marie-Angélica mimait à merveille un mélange fort décoratif d'extase et de souffrance, jusqu'au spasme final encore plus troublant. Un gros plan du fin soulier de bal, aux paillettes métalliques couleur d'océan, termine le reportage. Corinthe, soudain rêveur, retourne jusqu'à sa table de chevet où sont les deux cartes postales vendues par la négresse : l'image de la chaussure est bien la même à un grain de sable près, dans les moindres détails du cadrage, de la vue en plongée, des lignes formées par l'empeigne ou la bride défaite. Mais il y remarque pour la première fois qu'un délicat brin de corail rose et blanc demeure accroché aux écailles bleues, comme si l'épave abandonnée provenait d'un récent naufrage.

L'intérieur en chevreau se trouve maculé d'une large tache rouge sombre, qui a coulé alentour. S'il ne s'agit pas ici de l'hémoglobine utilisée par le metteur en scène pour rendre plus attrayants ses simulacres, dont la couleur vermeille est beaucoup plus vive, on doit avoir affaire à présent au véritable sang répandu par celui-ci quelques minutes plus tard : son propre sang. Quant à la photographie du cadavre, prise par la police sans aucune précaution d'angle ni de lumière (à l'inverse des précédentes), elle est si peu lisible sur ce papier-journal qu'on pourrait aussi bien y reconnaître n'importe qui : Van de Reeves ou le cavalier Janqueur.

Comme pour affirmer une tranquillité d'esprit intacte, ainsi que son mépris envers la jambe qui lui fait de plus en plus mal, Corinthe néglige l'ascenseur archaïque et bruyant (malgré sa splendeur de cuivres polis, acajou, miroirs biseautés, etc.) pour descendre vers le hall par le grand escalier majestueux. Appuyé à chaque marche sur sa canne, sans même se tenir à l'énorme rampe en jacaranda, il domine l'épreuve avec une élégance qui le rassure. Parvenu au palier où se réunissent les deux volées divergentes menant au premier étage, il s'arrête un instant, ne voulant pas toutefois s'asseoir sur la banquette de velours.

Lui arrive alors, venant d'en bas, la voix d'un petit chasseur qui appelle à la cantonade : « Monsieur Henri est demandé au téléphone ! » A cause du terme « monsieur » énoncé en français avec une certaine emphase, Corinthe se voit transporté dans ses anciennes terres bretonnes, où les paysans employaient cette formule pour lui parler, comme s'il avait été le légendaire héros de la chouannerie, Henri de La Rochejaquelein (ce que j'ai longtemps cru moi-même, dans mon enfance, lorsque j'entendais les gardes-chasse du comte prononcer ce nom mythique, Monsieur Henri, d'un ton de vénération ancestrale et de respectueuse familiarité).

Puisque nul client de l'hôtel ne se manifeste, Corinthe se demande si le message ne serait pas pour lui. Mais, abandonnant la coutume onomastique brésilienne, le groom vêtu de rouge, apparu maintenant au bas des marches, répète et précise : « Monsieur Henri Robin ! » Un homme en costume blanc, qui boite avec distinction, sort à ce moment de l'ascenseur et se dirige aussitôt vers les cabines téléphoniques pour pénétrer dans celle dont le petit groom lui a ouvert la porte. Comme il se présentait de dos, ou presque, durant tout ce parcours, Corinthe n'a rien pu voir de son visage. La coiffure, en tout cas, était exacte. Il va falloir jouer serré, pense le comte Henri en reprenant sa descente.

Depuis le bas de l'escalier, qu'heureusement personne n'emprunte, il traverse en droite ligne le hall où s'affairent comme d'habitude divers pensionnaires et visiteurs, assez clairsemés pour permettre un passage facile, trop nombreux cependant pour qu'on y remarque une présence peut-être insolite, certains s'arrêtant soudain pour échanger quelques mots avec un vague confrère, d'autres se posant une minute sur le siège ou les bras des gros fauteuils en cuir fauve, devant les baies. Comme toujours, les personnages masculins constituent ici une majorité presque exclusive.

Mais Corinthe évite de regarder à gauche (vers la réception) ni à droite (vers les trois cabines téléphoniques aux parois de glaces, dont la transparence est interrompue par de larges arabesques dépolies où s'entrelacent les initiales H et L de l'établissement, en caractères gothiques modern-style) et il franchit la porte à tambour en adressant un très léger sourire, distant et pressé, au groom qui fait tourner le lourd système sur son axe par une légère impulsion donnée à chaque battant successif. Ce garçon ressemblait beaucoup au premier chasseur qui vient de l'appeler au téléphone, mais c'était surtout sans doute à cause de sa modeste taille, du képi et de l'uniforme rouge à brandebourgs.

Il y a toujours le long du trottoir, devant l'entrée, des limousines qui attendent. Corinthe monte dans celle qui se trouve en tête de file, dont un troisième chasseur identique lui tient la portière, et indique au chauffeur sa destination : le café Rodolphe. Dès que la voiture, ayant fait le tour de la place, arrive à l'avenue Atlantica, perpendiculaire et toute proche, il aperçoit dans le rétroviseur les deux motocyclistes aux allures de miliciens supplétifs, qui devaient se tenir prêts au départ sous l'araucaria géant et ont aussitôt pris son sillage, sans se gêner le moins du monde. Corinthe, voulant éviter à tout prix qu'ils ne découvrent la présence de B. au bout de sa route, commande rapidement au chauffeur de prendre plutôt à droite, c'est-à-dire dans la direction opposée à celle des trois grands cafés. L'homme obtempère sans marquer le moindre étonnement et, à demi retourné, esquisse à l'intention de son client versatile une moue imperceptiblement amusée...

Que signifie cet air entendu, ironique ou même narquois, ou bien de connivence indiscrète ? Le compère se trouvait-il vraiment par l'effet du hasard premier dans la file d'attente ? Sans aucun lien, du moins apparent, avec d'aussi importantes questions, une image traverse alors le cerveau du comte Henri, travaillant sans répit malgré sa fatigue sur de multiples pistes, une image de Marie-Ange. De ce côté auquel il tourne à présent le dos et dont il s'éloigne à vive allure dans une circulation peu dense, toujours suivi par les deux motards en tenue blanche qui lui font comme une escorte, la jeune fille se tient devant les grandes portes vitrées qui constituent sur l'avenue

Atlantica l'entrée du Christian-Charles, le troisième des grands cafés portant les noms de trois souverains aux destins tragiques. Elle est en maillot de bain au milieu du trottoir, pieds nus, tenant d'une main par la bride défaite un seul de ses incompréhensibles souliers du soir à talons hauts, scrutant la chaussée comme si elle attendait l'apparition imminente d'une automobile arrivant par la gauche. Avec sa main libre, apparemment insouciante, elle croque une grosse pomme verte à la peau lisse et brillante, d'une forme parfaite, d'une teinte presque artificielle, qu'elle vient à peine d'entamer...

Corinthe porte instinctivement le bout des doigts vers son cou, tandis qu'il jette un nouveau coup d'œil au rétroviseur central, situé en face de lui. Le miroir a dû pivoter d'un angle notable, car, à la place de la glace arrière où s'encadraient les motocyclistes, le passager voit maintenant l'ambigu visage du chauffeur qui regarde vers lui avec une attention trop fixe, impassible, visiblement intéressé par le geste de la main que vient d'ébaucher ce faux touriste, confié désormais à sa vigilance, sa garde, son pouvoir...

Là-bas, derrière Marie-Ange, dans les grandes vitres du café Christian-Charles brouillées par les reflets mouvants d'incessantes voitures roulant sur l'avenue, de promeneurs flânant au bord du trottoir sous l'alignement des phoenix aux troncs encore peu élevés, dont la bourrasque marine agite les longues palmes retombantes avec une violence soudaine, tandis que l'adolescente en maillot exigu rit de plaisir aux caresses brutales du vent, sa chevelure d'or cuivré volant en flammèches tout autour du visage, la main droite dans laquelle est retenue entre trois doigts sa pomme factice à peine échancrée par la première morsure, profonde et nette, tentant de maîtriser une boucle onduleuse qui l'aveugle, parmi toutes ces réflexions virtuelles miroitantes, disais-je, on distingue derrière les grandes vitres, en y mettant un peu plus d'attention, les épais fauteuils de cuir fauve dont un seul est occupé, par un homme d'un certain âge pourvu d'abondants cheveux blancs, qui regarde vers l'extérieur, la jeune fille dansant avec grâce dans la tourmente, les palmiers embrasés, les luxueuses limousines défilant en arrière de leurs stipes successifs, et qui pourrait être Van de Reeves, à la rigueur, ou un troisième Henri Robin, ou n'importe qui.

Mais une autre image de Marie-Ange – le calme revenu, ou bien l'ouragan subit ne s'étant pas encore déchaîné – remplace bientôt la précédente. Sur l'autre face des bâtiments, à la terrasse de l'établissement voisin, j'occupe à nouveau mon poste d'observation habituel devant un minuscule café noir. Dans le sable de la plage, vers la droite, un peintre a ce matin dressé son chevalet. Il contemple les naïades qui jouent au ballon, avec force cris aguichants et sursauts spectaculaires, attiré peut-être lui aussi par la lumineuse adolescente rousse. Il tient en main son long pinceau par l'extrémité de la hampe, et, de temps à autre, il regarde sa toile, large rectangle dont on n'aperçoit que l'envers et surtout la tranche, mais il n'approche jamais de l'invisible tableau les poils de sa fine brosse pour y ajouter quelque trait ou touche de couleur. N'est-ce pas bizarre, d'ailleurs, de peindre d'après nature, au lieu d'en faire seulement diverses esquisses rapides sur un carnet à dessin, une scène si mouvementée, au cadre si instable, donc dans un éclairage si changeant ?

Peut-être toute la surface de sa toile est-elle encore vierge. Tandis qu'accompagnant des yeux les évolutions des jeunes filles en fleurs, il agite en l'air son pinceau dans leur direction, comme à la recherche du frémissement qu'il voudrait reproduire, en mesure dirait-on, guettant l'instant perdu qu'il éterniserait, j'ai l'impression tout à coup qu'il ne s'agit pas là d'un artiste et de son modèle, mais du chef d'orchestre qui dirige un ballet, jetant par intermittence un rapide coup d'œil à sa partition. Je crois même le voir, après un de ces recours aux portées musicales appuyées sur son pupitre, qui désigne d'un geste vif de sa baguette la joueuse dont une prouesse spéciale doit maintenant intervenir. Un peu plus tard cependant, de la bouche du serveur en veste blanche qui m'apporte un second café, j'apprends que l'homme est un peintre allemand connu, dont le nom est Ritzel. Je n'ai pour ma part jamais vu aucun de ses tableaux, ni seulement entendu parler de lui.

Beaucoup plus au nord sur cette même côte des Amériques, dans les eaux peu profondes qui bordent la Floride vers le fond du golfe mexicain, je suis sur un petit bateau (de plaisance ?) en compagnie d'une jeune femme à la tenue très provocante qui serait, selon la rumeur, un travesti. Sous une apparence plus modeste et un costume masculin, elle enseignerait la peinture moderne à l'université d'Etat de Gainesville : trente mille étudiants des deux sexes perdus dans les marécages au centre de la presqu'île, parmi les cyprès chauves et les alligators géants... Le souvenir à nouveau dérive.

Au carrefour des deux routes perpendiculaires qui

tient lieu de centre-ville à la limite du campus, j'ai vu moi-même un de ces énormes sauriens, une fois écoulée l'inondation consécutive à des pluies particulièrement abondantes, qui tentait en vain de rejoindre son milieu naturel en s'introduisant, à reculons, par la bouche d'égout trop étroite d'un caniveau. Sur les sentiers de jogging qui longent les innombrables marigots entre les bâtiments universitaires, à l'ombre de grands chênes verts où pendent les longues barbes grises appelées ici mousse espagnole (bien qu'il s'agisse en fait d'une minuscule broméliacée épiphyte : *tillandsia usneoides*), se dressent d'éloquents et multiples écriteaux recommandant de faire attention aux crocodiles, semblables dans leur immobilité à d'anciens troncs d'arbres altérés par le temps, couchés en travers du chemin. Un dessin très suggestif accompagne cette mise en garde : une débutante en lingerie légère, dont la longue chevelure vole en mèches serpentines tout autour d'un visage affolé, a dû marcher par mégarde sur un monstre endormi ; redressé dans un sursaut convulsif, l'animal vient de happer par une cuisse cette tendre proie providentielle et va l'engloutir comme une simple grenouille, en quelques claquements de ses cruelles mâchoires, tel un requin célèbre d'Hollywood.

Mais nous sommes en ce moment à deux cents miles de là, vers le Sud. Les alligators ne fréquentent pas ces eaux trop salées, et ma sportive compagne ressemble davantage à une Walkyrie qu'aux imprudentes poupées des panonceaux. Elle effectue toutes les manœuvres avec adresse, vigueur, et une impressionnante sûreté de main, impliquant aussi sans doute la parfaite connaissance des lieux. Par d'invisibles passes successives entre les hauts fonds, nous abordons sur l'un des nombreux îlots à rhizophoras, dont les racines-échasses en pattes d'araignée paraissent arpenter le sol émergeant à peine, formé de vase noire et de déchets divers : coquillages brisés, fragments végétaux, sables coralliens.

Je suis heureusement muni de sandales spéciales en caoutchouc épais, car ce terrain sans fermeté où partout l'eau affleure est entièrement hérissé, tel un tapis pour fakir, de blessantes pointes noirâtres, denses, aussi hautes qu'un index à l'extrémité luisante : les pneumatophores émis par les racines immergées des mangliers, qui sont comme les dents de la mer et retiennent tout ce qu'apporte le flot. Parmi les résidus de la civilisation industrielle qui s'échouent ainsi sur tous nos rivages, je remarque aussitôt une autrefois luxueuse chaussure féminine à talon en aiguille que l'océan a ravie, violentée, tordue, embrochée pour finir entre les crocs de la herse végétale, où elle sera peu à peu dévorée par les crabes.

En me penchant sur la gracieuse épave pour la regarder avec plus d'attention, je ressens une petite douleur familière à la base du cou, du côté gauche. Sur l'empeigne triangulaire subsistent de larges zones où sont encore fixées les fines pastilles métalliques dont les reflets bleus devaient étinceler sous la lumière des lustres, mais qui ressemblent à présent aux écailles desséchées d'un poisson mort. Non, ça n'était guère un soulier de plage, un équipement pour le bain, la pêche aux clams ou la chasse sous-marine. On dirait plutôt le témoin abandonné d'une fête, de quelque bal élégant qui aurait tourné au drame, à bord d'un grand yacht ou d'un long paquebot nocturne dont les lumières défilaient sur la mer chaude, phosphorescente, dans de nostalgiques bouffées d'orchestre au gré des tangos et des valses.

Plus prosaïquement, on rencontre là aussi, bien entendu, de vieilles planches échouées que les vagues ont adoucies, des boîtes de bière vides dont la marque se lit encore – *La Sirena* – et, en quantité comme toujours envahissante, du plastique d'emballage aux teintes délavées dont les lambeaux flapis jonchent le sol ou s'accrochent aux basses branches des palétuviers noirs et des arbres à fièvre. Je constate en m'approchant davantage que, dans leurs ramures plus hautes, sont pendues de moins rassurantes guenilles qui s'avèrent en dernière analyse des cadavres de pélicans, par dizaines, selon divers état de fraîcheur ou de décomposition, retenus comme des grives à l'étal par un filin en nylon transparent qui leur sort de la bouche.

Mon ange gardien musclé m'explique alors que ces grands oiseaux voraces ont l'habitude de se précipiter sur le poisson au moment où le pêcheur l'amène en surface, frétillant au bout de sa ligne. L'énorme bec à poche l'avale d'un seul coup, avec l'hameçon, et entraîne dans les airs le fil incassable qui se déroule, l'homme préférant donc sectionner celui-ci avant que ne soit dévidée toute sa bobine. Le malheureux pélican vole jusqu'à son refuge, se pose à la cime des arbrisseaux, essaie en vain de recracher la ligne fermement accrochée dans son estomac, l'emmêle dans les branches, tire autant qu'il peut, s'épuise dans la lutte et finit par mourir d'inanition. Peu sensibles à ces drames quotidiens, d'autres pélicans tout aussi nombreux couvent avec placidité leurs grands nids informes, construits sur les mêmes palétuviers, ou bien nourrissent leur hideuse progéniture avec les crustacés mous de la mangrove.

Absorbé par le spectacle de cauchemar, dans la puanteur tropicale où se mêlent aux oiseaux putréfiés les fétides déjections blanchâtres de leurs familles encore vivantes, qui forment sous les nichoirs de larges amas gluants combinés aux reliefs pourris des festins, je remarque alors seulement que mon capitaine aux seins quasiment nus est en train de récupérer des caissettes en parfait état qui sont rangées sous le plus haut des arbres, entre les avancées d'un grêle tronc à contreforts, sur des aires sableuses relativement sèches. Une fois remonté à bord, je vois que s'alignent maintenant sur le plancher en caillebotis une douzaine de ces boîtes cubiques en bois rouge, confectionnées avec soin et closes chacune par quatre rubans d'acier bleui.

Quand nous les débarquons beaucoup plus tard sur la terre ferme, c'est dans un petit port solitaire qui semble abandonné, nettement plus au nord que Sarasota, notre point de départ. Sans marquer la moindre hésitation, comme si la route était familière, nous avons pénétré par un canal en eau profonde que ne signalent ni feux ni balises, entre des parois en moellons grossièrement appareillés, vers ce qui ressemble à d'anciens hangars démolis par une tornade, ou bien aux restes d'une usine rudimentaire pour la conserverie, depuis longtemps hors d'usage. Six ou sept hommes à faces de brutes alcooliques sont là cependant, en train de découper sur des tréteaux en plein air un très gros poisson à long rostre, qui doit être un marlin et peser au moins cinq cents livres.

Ils ont interrompu leur sanglante besogne, dont ils se sont lentement détournés l'un après l'autre, pour surveiller notre accostage, sans dire un mot ni lâcher les tranchoirs rougis demeurés en suspens. Leurs grosses mains d'étrangleurs dégouttent aussi de sang, à demi coagulé. A mon grand étonnement, c'est moi surtout qu'ils paraissent inspecter (avec méfiance ?), et non pas ma spectaculaire compagne. Quand celle-ci, dressée sur la proue, tend vers eux un filin d'amarrage, le plus proche se décide quand même à quitter la table pour s'avancer, sans aucune hâte, saisir le bout de corde et l'enrouler autour d'une bitte en bois crevassé, dont l'aspect grisâtre et rêche trahit le peu fréquent emploi.

Aucune parole n'est échangée, comme si ces gens étaient des sourds-muets, ou des spectres. La mine patibulaire et le comportement fermé, presque hostile, des prétendus pêcheurs laisseraient croire que leur activité poissonnière est une pure frime. Deux autres d'entre eux ont maintenant rejoint le premier, d'aussi mauvaise grâce, sur le bord en pierres disjointes et ils attrapent à tour de rôle, tous les trois, nos caissettes scellées de fer que leur passe une à une la fausse jeune femme. D'après leurs gestes lorsqu'ils empoignent la charge à deux mains, avec effort, il s'agit sans aucun doute d'objets très lourds, qu'ils vont porter vers une cabane toute proche. Les quatre qui sont restés autour de leur ouvrage feint (en attente de quoi ?) n'ont toujours pas bougé d'un pouce : tournés vers nous, les yeux fixes, le couperet en l'air, dans une immobilité de musée Grévin.

J'ai l'impression, à présent, que ma navigatrice ambiguë s'appelait Karin. Le professeur de Gainesville soupçonné d'être son double masculin répondait au nom germanique de Karl Roch (prononcé Roc, à l'américaine, ou comme saint Roch en France). Il avait publié une intéressante et volumineuse étude sur les « structures narratives latentes » chez les peintres du Pop Art (en particulier dans les grandes compositions à images figuratives multiples), dont beaucoup d'ailleurs habitaient alors cette côte ouest de Floride, sur le golfe du Mexique, tel Jim Rosenquist à Tampa et Bob Rauschenberg à Captiva Island, île enchantée que nous nommions entre nous la belle captive, en hommage à Magritte.

Encore un peu plus au nord, sur la côte atlantique, je suis maintenant (lors d'un semestre universitaire new-yorkais) en compagnie de François Jost et de Claude Simon dans ce quartier voué au magasinage et conditionnement des marchandises à proximité des docks, vers la pointe de Manhattan, mais envahi désormais par les expositions de peinture et les ateliers d'artistes, qui porte le nom très londonien de Soho, signifiant ici South-Houston (donc au sud de Houston Street, c'est-à-dire juste un peu plus bas que le Village). Il fait très beau, clair, léger, joyeux ; c'est un samedi après-midi, jour de vernissages et de coquetèles sans prétention : du vin blanc trop doux dans des verres en plastique mince qui écorche les lèvres. Nous visitons l'une après l'autre les galeries d'art, souvent de grandes dimensions, aménagées dans d'anciens entrepôts plus ou moins luxueusement transformés. Je rencontre des amis ou connaissances : peintres (Arman et Christo, ce jour-là, qui habitent le quartier), marchands de tableaux (Castelli, madame Sonnabend), critiques d'art, professeurs, etc. Claude est autant que moi, depuis longtemps, amateur de peinture contemporaine, naissante aussi bien que déjà reconnue. La foule l'étonne, qui contraste avec les accrochages parisiens dont les espaces, bien que de format beaucoup plus modeste, paraissent le plus souvent (en dehors des réceptions chic) de véritables déserts.

Cherchant ensuite des lieux plus tranquilles, nous nous écartons de l'artère centrale, West-Broadway, vers l'est : en direction de la rue La Fayette et du Bowery. Les galeries se font plus rares, les immeubles aux escaliers extérieurs métalliques deviennent progressivement plus crasseux, plus délabrés (c'est déjà la Lumpen America, l'Amérique en ruines qui surprend toujours le touriste), les passants moins nombreux et d'aspect moins engageant, les trottoirs plus encombrés d'ordures, défoncés, transformés par place en fondrières. Des masses humaines enveloppées de chiffons dorment dans les encoignures. Une petite boucherie kasher, fermée depuis des lustres, porte encore sur son étroite vitrine fendue en étoile les caractères hébreux d'usage et, au-dessous, en petites cursives anglaises peintes avec soin : « George Segal and Father ». Malgré la saleté du verre, on distingue par-derrière ce qui doit être un morceau d'enseigne au rebut : la représentation à l'huile d'un poulet mort, sans plumes et de teinte verdâtre, qui fait penser à Chaïm Soutine.

Juste à côté de ce vestige, il y a une dernière exposition, égarée. Aucun être humain n'y est en vue : ni marchand, ni secrétaire, ni barman, ni visiteur... Pas de table, d'ailleurs, pour quelque breuvage d'accueil, ou paperasses, ou même un simple téléphone. En fait, les lieux sont si vides qu'ils en deviennent presque inquiétants, une sorte de piège où nous attire l'artiste annoncé : Quentin Ritzel. La pièce n'est pas petite, mais toute en longueur, étrécie comme un couloir, violemment éclairée au néon. A droite et à gauche s'alignent sur les parois toutes blanches des toiles de dimensions médiocres, dont il faut s'approcher pour voir qu'elles rappellent (imitent ?) les vues de plages mondaines peintes par Dufy dans les années 30.

Tout au fond, dans l'axe du passage, un tableau beaucoup plus grand attire le regard, et nous étonne d'autant plus que le sujet en est considérablement plus réduit que les vastes champs aérés des petits formats précédents. On y voit seulement un journal déployé, les deux mains qui le tiennent grand ouvert, une de chaque côté, dont apparaissent les phalanges de quatre doigts, et, dépassant à peine le bord supérieur du papier imprimé qui occupe toute la surface, les cheveux du lecteur grisonnant, son front, ses yeux enfoncés dans les orbites. Mais ceux-ci ne sont pas abaissés vers les pages du quotidien dont on déchiffre avec peine le titre (*O Globo*), tant la facture de l'ensemble est imprécise, sauf en ce qui concerne ces yeux justement, très sombres, qui observent par-dessus leur paravent protecteur, avec un léger plissement des paupières, le visiteur qui vient d'entrer, s'avance et, interdit, s'immobilise.

Et voilà, maintenant, un groupe compact d'une trentaine de personnes au moins, en arrêt, formant un attroupement circulaire autour de quelque chose, que leurs corps serrés masquent entièrement. S'agit-il d'un vendeur à la sauvette qui écoule de menues marchandises volées : montres calculatrices ou grosses médailles pieuses qui jouent des cantiques dans un scintillement de couleurs ? D'un joueur de bonneteau brouillant ses trois cartes arquées sur une minuscule table portative ? Ou bien d'un ivrogne qui déblatère, d'un prédicateur annonçant la fin du monde, d'un épileptique qui se convulse sur le sol en bavant ? Deux éléments au moins ne cadrent pas avec pareilles hypothèses : d'une part l'immobilité absolue des spectateurs, visiblement fascinés, d'autre part le fait inhabituel que leur cercle mord assez peu le bord du trottoir, situé au contraire pour sa plus grande partie sur la chaussée même du Bowery, obligeant les automobiles qui roulent sans ralentir à faire un détour pour les éviter.

Nous nous approchons. Ces badauds appartiennent, d'après leurs costumes, à diverses couches sociales, mais semblent cependant pour la plupart des laissés-pour-compte de la société, ou pour le moins des marginaux, depuis le Noir grisâtre en long manteau pisseux jusqu'au véritable clochard hirsute, en passant par toute sorte de jeunes gens en jeans jaunis, au sexe indéterminable, qui peuvent être aussi bien des petits dealers de drogue dure que des étudiants d'université en rupture de cours. Regardant par-dessus la tête d'un gamin à oreilles de vieillard, je vois que la circonférence parfaite qu'ils dessinent, comme arrêtés par un invisible fil, se situe à distance respectueuse – une dizaine de pieds – du spectacle qui les retient avec tant de force : une fille couchée à terre, inerte, sans doute morte, baignant dans son sang vermeil. Elle est éblouissante, pâle et blonde, comme un ange tombé du ciel. On ne lui donne pas vingt ans.

Elle porte une jolie robe en dentelle noire dont l'ample jupe vaporeuse s'est relevée dans sa chute, découvrant une cuisse nue jusqu'à l'aine. Ses membres sont ouverts, alanguis en courbes à la grâce juvénile, comme les branches délicates d'une étoile de mer échouée sur le sable, à marée basse. Un coude et un genou fléchis, du côté gauche, évoquent l'abandon d'une belle endormie étalant son corps rêveur sur les draps défaits, rejetés pendant le sommeil à cause de la chaleur. Les yeux sont clos, la bouche entrouverte. Aucune blessure n'est visible. La chair exposée des bras, des épaules, d'un cou renversé de cygne, des longues jambes sans bas ni collant, n'offre aux regards que des surfaces nacrées parfaitement intactes et neuves. Les deux pieds sont nus aussi, petits et fragiles, mais une seule chaussure à talon aiguille gît à proximité. L'autre a disparu.

N'était la flaque rouge aux contours sinueux et nets qui recouvre l'asphalte depuis la hanche gauche, sous la cuisse offerte et dans le triangle élargi qu'elle forme avec l'autre jambe, étendue et moins généreusement dévoilée, n'était peut-être encore la pâleur excessive du visage, on la croirait simplement perdue dans un songe enfantin. A-t-elle été culbutée par un chauffard, qui aurait évidemment pris la fuite ? S'est-elle volontairement jetée sous une voiture ? Ou bien vient-elle d'être assassinée ? Personne ne dit rien et, de toute manière, je ne comprends pas l'américain. Un long véhicule de police à gyrophares bleu et jaune arrive à ce moment, dans un inutile vacarme de klaxon et de sirènes variées. Aucun des voyeurs ne bouge, tandis que claquent les portières : la chute d'un ange est chose trop rare. Quant au meurtrier, s'il s'agit d'un crime, il a peu de chance de figurer parmi les curieux.

Est-ce l'irruption – toujours impressionnante dans sa

mise en scène – des policiers, ou bien l'effet contingent d'un hasard ? Il me semble soudain que tous les passants se sont figés aussi, alentour. A peine plus loin sur le boulevard, un ensemble lâche d'hommes et de femmes tranche par son élégance avec l'habituelle faune piétonne du Bowery : on dirait des aristocrates en tenue de soirée qui sortiraient de quelque gala et s'attarderaient un instant sur le large trottoir avant de se séparer, distants déjà de plusieurs pas les uns des autres, mais retournés pour une dernière confirmation, un ultime adieu, un dernier sourire, immobilisés eux aussi.

En fait, l'adolescente assassinée, en robe à guipures et souliers de bal, devait appartenir à la même réunion, qu'elle aurait quittée un peu trop vite. Mais sans doute ses amis ne se sont-ils pas encore aperçus du drame tout proche, les bruyantes interventions de la police, en dépit de leur grandiloquence, étant néanmoins trop fréquentes à New York pour qu'on y porte vraiment attention. D'ailleurs, ces personnages venus d'un autre univers n'ont aucunement l'air de se soucier du décor misérable qui les entoure ; mondains et de bon ton, ils conservent la même indifférence courtoise, légère, oisive, qu'ils montreraient dans quelque intemporel jardin de Los Teques ou de Marienbad, ou bien encore aux improbables thermes de Salsomaggiore vers quoi les souvenirs, quittant le Nouveau Monde, à présent s'égarent.

Et une fois de plus, je m'avance, une fois de plus, à travers ces constructions d'un autre siècle, mais le décor a maintenant changé, immémorial aussi sans doute, défiant les siècles des siècles et surgi là comme hors du temps, édifié peut-être il y a seulement une centaine d'années, mais vieil aussi bien de deux mille ans, ou de dix mille, un archi-architecte visionnaire ayant rêvé d'inscrire en ces lieux toute la mémoire du monde, passée, future, imaginaire. Avec lenteur, avec hésitation (une crainte irraisonnée ?), avec espoir, je m'avance dans ces couloirs déserts, une fois encore...

Ce qui frappe tout d'abord, malgré le parfait équilibre des proportions et des rythmes, que ce soit sur les massives façades ou dans les imposantes salles d'apparat, les escaliers monumentaux, les immenses corridors sadiens dignes du Triangle d'or où s'ouvrent de part et d'autre, encadrées de frontons soutenus par d'épaisses colonnes carrées, des portes si majestueuses qu'elles semblent l'accès d'un temple, ou d'un tribunal, ce qui frappe – dis-je – tout d'abord, c'est la démesure de l'ensemble, les plafonds si hauts qu'on en distingue à peine l'ornementation pourtant recherchée, presque hors de vue, les perspectives qui se perdent de tous côtés dans des pénombres brunes et violettes, doucement lumineuses, à travers le dédale des antichambres, des halls, des passages secrets, des galeries à balustrades.

Les mots qui me viennent à l'esprit évoqueraient quelque haute époque assyro-babylonienne où les palais paraissaient bâtis pour des géants, ou par des géants pour des dieux. Mais une autre qualité s'impose bientôt à l'oreille : le silence, un silence étonnant, comme surnaturel. En dépit de l'état impeccable marquant tout l'édifice jusque dans ses moindres détails (pas une écorchure aux arêtes de marbre, pas une fêlure aux onyx ni aux émaux, pas une écaille soulevée dans la fraîcheur native des fresques), c'est bien le silence des ruines qui règne ici, et l'on s'attend à tout moment, au détour d'une androgyne cariatide ou derrière la gueule d'un lion légendaire, à voir surgir, immobile un instant depuis toujours, dans sa déambulation de fantôme obstiné, quelque ninivite Gradiva.

Elle est là. Je suis seul. Elle est là devant moi. Elle me regarde de ses yeux pâles et, d'un geste en suspens de la main droite, on dirait qu'elle m'indique, au bout de ses doigts si fins qu'on les croirait translucides, une direction que je dois suivre, impérativement... Le mouvement léger du bras, dont la grâce ambiguë n'exclut pas une certaine raideur, me trouble d'autant plus que j'étais en train de contempler, juste au-dessus mais un peu en arrière, au second plan d'une peinture murale de dimensions si vastes que mon regard, à présent, se perdait vers les hauteurs azurées où des oiseaux de feu jouent avec des lionnes, en train de contempler – dis-je – le même geste exactement, aussi gracieux, aussi ambigu, aussi rigide, que fait une jeune femme aux voiles transparents, vue de profil, qui semble diriger les ébats de ses animaux favoris, ou bien vouloir se protéger d'un battement d'aile trop proche, ou bien encore héler quelque personnage invisible, de l'autre côté du décor.

Tout en bas du tableau – sans aucun doute allégorique, mais de quoi ? – il y a seulement deux lettres capitales : G.M., qui sont selon toute vraisemblance les initiales du peintre (mais que je me plais à lire phonétiquement en français « J'aime », comme si c'était là le titre de l'œuvre), et, au-dessous, une simple date, celle – j'imagine – où la fresque fut achevée : 18-8-1922, qui se trouve être le jour de ma propre naissance. Masquant soudain son double peint, ainsi que l'imprévu rappel anniversaire (qui me fait inopinément penser que j'ai donc aujourd'hui, déjà, soixante-dix ans), c'est à cet endroit précis que vient de se matérialiser – d'apparaître à mes yeux en tout cas – la sylphide aux chairs gazées de tulle blanc.

« Qui es-tu ? dit-elle. Je t'attendais. Tu viens bien tard. »

Sans trop m'appesantir sur l'évidente contradiction interne contenue dans de telles paroles d'accueil, je tente d'y répondre avec la plus grande simplicité, mettant entre parenthèses ce qu'une telle rencontre présente d'inattendu, d'invraisemblable, voire de choquant.

« Je suis, dis-je, cinéaste et romancier. Mon nom est Jean Robin. Je suis à la recherche d'un décor naturel pour un film que je projette...

– Non. Tu te trompes. Ou bien tu mens. Et, de toute façon, ce décor-ci n'a rien de naturel. Ce que tu cherches ici, c'est l'immortalité, l'éternelle jeunesse, la survie, non de l'âme mais du corps glorieux. Et ton vrai nom ne peut être que Faust ! »

Pourquoi pas ? Mais, plus que l'obscurité du propos, c'est la voix elle-même qui me met mal à mon aise : n'est-ce pas la voix blême du silence, avec sa musique sans timbre et ses réverbérations, qui vient seulement du silence pour y retourner aussitôt ?

« Serais-tu donc toi-même Hélène de Sparte ? » demandé-je pour dissimuler mon trouble tout en demeurant dans l'allusion goethéenne.

L'apparition me regarde avec reproche, comme peinée par la légèreté d'esprit dont je fais preuve dans des circonstances qu'elle juge graves. Enfin, elle reprend :

« On m'appelle Igéa. Ces lieux, où tu es entré comme un voleur, m'appartiennent. Mon père, fils du dieu des oracles, a construit ce palais pour moi seule, en ce point dont il avait calculé la position exacte à la surface du globe terrestre : la faille sacrée où devait jaillir l'eau de jouvence. Et elle jaillit, en fait, derrière l'une de ces portes que tu as prises avec futilité pour la redoutable entrée d'un temple. Mais prends garde : il y a des centaines de portes, des milliers peut-être, toutes semblables mis à part quelques détails décoratifs que tu es pour l'instant incapable de déchiffrer ; une seule de ces portes est la bonne ; tu as le droit d'en ouvrir trois, pas une de plus. Réfléchis bien, avant d'entrer où que ce soit, tête trop impétueuse à qui l'âge n'a pas apporté la raison.

– N'es-tu pas auprès de moi pour me guider ?

– Non, précisément ! C'est pour t'égarer que je suis ici, tout au contraire. La miraculeuse pérennité juvénile dont je jouis comme tu vois – et que tu m'envies – dure déjà depuis près de vingt-cinq siècles. Un tel privilège ne se partage pas avec le premier venu.

– Si c'est ainsi, dis-je avec une feinte insouciance, je vais donc tenter ma chance au petit bonheur. Après tout, je n'ai rien à y perdre !

– Tu peux dire aussi bien : au petit malheur... Car tu te trompes une fois de plus, tu veux te tromper toi-même. Tu sais très bien, au fond de ton cœur, ce que tu risques. La troisième porte dont tu franchiras le seuil, si ce n'est pas celle qui donne enfin accès à la source divine, la troisième porte ouvrira pour toi sur le néant, c'est-à-dire sur l'absence, l'oubli définitif de l'être... Ainsi tu auras joué à l'étourdie en trois coups – et perdu – les années qui te restaient à vivre.

– Et combien sont donc ces années ?

– Personne ne peut savoir leur nombre à l'avance, Docteur Faust, qui se fait appeler Jean Robin, fils du cavalier Robin, Henri, mort à la guerre prématurément, un matin de novembre, à la place d'un autre.

– Je vois que, sinon mon avenir, tu connais en tout cas ma naissance et mon histoire.

– En deux mille quatre cent cinquante ans, on peut apprendre bien des choses... »

A cause du prénom hellène que porte mon énigmatique compagne, et peut-être à cause aussi des presque corinthiennes feuilles d'acanthe, stylisées en volutes, qui ornent plusieurs chapiteaux de l'édifice, j'essaie de calculer à quoi correspond, dans l'histoire de la Grèce ancienne, la période précise évoquée à l'instant : le milieu du cinquième siècle avant Jésus-Christ. Mais, trop modeste amateur, j'y renonce vite, pour demander encore :

« Et quel âge, alors, aurait ce palais des merveilles ?

– Celui-là justement : le même que le mien, je te l'ai déjà dit. Si tu admires aujourd'hui sa splendeur inentamée, vierge de tout affront comme s'il datait d'hier, c'est que lui aussi est à l'abri du temps, par les vertus de l'eau surnaturelle sur laquelle on l'a bâti. A présent, commence ta quête. Allons ! Il est trop tard désormais pour reculer davantage : tu en sais trop, imprudent voyageur ! »

Sur ces mots menaçants, ou de défi, elle abaisse les bras. Et c'est alors seulement que je prends conscience d'une anomalie qui m'émeut plus que tout le reste : la totale immobilité de la jeune fille durant notre long dialogue, et même, en fait, depuis que j'ai remarqué sa présence au bas de la fresque. Sur le moment, cela ne m'avait pas inquiété. Maintenant que la pose est rompue, l'invraisemblance m'en apparaît dans un inexplicable effroi. Au-dessus d'Igéa, la représentation peinte a baissé le bras aussi.

D'une manière mécanique, comme un somnambule, je fais quelques pas presque au hasard, mais dans la direction opposée à celle que m'avait paru définir la main étendue de ma douteuse Ariane. Une porte se présente aussitôt, sur ma droite... A peine ai-je effleuré le bois précieux dans lequel a été sculpté le panneau central, voilà le lourd battant qui cède avec une facilité imprévue, s'ouvrant pour ainsi dire de lui-même comme s'il était mû par quelque lent mécanisme bien huilé. Et je me trouve à mon insu aspiré vers l'intérieur dans l'entrebâillement, avec une irrésistible douceur. Igéa a disparu.

Je suis à présent dans une immense salle circulaire, configuration qui a de quoi me surprendre, tant elle est peu compatible avec la rectitude du couloir où j'étais à l'instant et qui devrait en principe longer l'une des parois de la salle, beaucoup trop grande par ailleurs. Tout autour, contre les murs en rond de celle-ci, sont disposés des gradins d'albâtre lisse, constituant une sorte d'amphithéâtre dont le diamètre est si vaste que sa présence ici paraît inaccordable avec l'architecture d'ensemble du palais, quelque gigantesque qu'il soit. La blancheur des échelons successifs (vingt, trente, ou plus ?) est quasiment vide de tout spectateur, à l'exception d'une dizaine de personnages en toges romaines, debout çà et là, immobiles, isolés ou par groupes de deux au plus, qui paraissent perdus dans la disproportion des lieux. Détail remarquable, ces figurants projettent des ombres nettes, très allongées, qui rayent presque toute l'étendue de barres sombres, parallèles, descendant ou gravissant en escalier les degrés de l'amphithéâtre.

Tout en bas, au centre de l'arène, un petit nombre de sculpteurs est occupé à graver des arabesques d'or sur le corps même d'une douzaine de petites filles entièrement nues, allongées sur le sol de marbre poli, ou bien à genoux, ou encore dressées sur leurs jambes ouvertes, les bras levés pour ne pas gêner la minutie du travail. A cause de la distance (c'est tout en haut des gradins que je viens d'accéder à cet atelier monstrueux), je distingue mal la nature exacte du procédé mis en œuvre, mais j'ai l'impression qu'il s'agit d'une technique d'incrustation comparable au traditionnel damasquinage, le fil d'or chauffé étant inséré dans les chairs à l'aide d'un ciselet aigu. Contrairement à ce qui serait normal, ce traitement barbare semble indolore, ou même provoquerait chez les jeunes patientes une espèce de jouissance. Toutes les fillettes, en effet, arborent sur leurs jolis visages un angélique sourire ravi, à la limite de l'extase, tandis qu'on leur lacère la peau tendre des régions intimes par mille déchirures d'où perlent ici et là quelques rares gouttes de sang, tant les artistes sont habiles et prompts à refermer la plaie toute fraîche avec le filigrane de métal brûlant.

Ces consentantes victimes doivent penser qu'il faut bien souffrir un peu pour être belles. Sur certaines enfants, l'ouvrage, déjà très avancé par endroit, fait penser aux dessins inachevés en entrelacs, méandres, spirales, qui ornent la nacre laiteuse dénudée des Salomé de Gustave Moreau (G.M., j'aime, lui aussi). Curieux de voir les choses de plus près, je fais un pas pour descendre les hautes marches. Mais, subitement, je me retrouve dans le long corridor rectiligne, en compagnie d'Igéa.

« Eh bien, dit-elle, ce que tu viens de voir n'est que l'autel profane ou l'on procède à la fabrication des petites déesses mineures. Cela n'a rien à voir avec ce que tu cherches. Cette porte-là n'était pas pour toi la bonne. Voyons si tu auras plus de chance avec la seconde. »

Pris d'une hâte fébrile, je me rue sur la porte suivante. Celle-ci, contrairement à mon attente, ne s'ouvre pas toute seule. J'en manœuvre la poignée de bronze dans une sorte de fureur, sans aucun résultat : l'axe du système ne produit même pas le moindre grincement, il tourne à vide. Je frappe avec force contre le vantail, mais le bois trop épais rend un son mat, amorti, qui ne doit guère s'entendre de l'intérieur. Je finis par tambouriner avec mes deux poings sur la partie centrale, qui me semble la plus sonore. Puis j'attends, obstiné dans un espoir déraisonnable.

Au bout d'un temps assez long, quelqu'un m'ouvre en effet, sans bruit, comme avec méfiance : une très jeune femme blonde en blouse blanche d'infirmière, ou de médecin, ou de laborantine. Sans la regarder davantage ni lui adresser la parole, j'observe la pièce avec avidité par-dessus son épaule, dans le modeste entrebâillement qu'elle me concède en manifestant la ferme intention de ne pas me laisser entrer. Cette salle-ci est toute petite, blanche aussi, mais cubique, peuplée d'une foule de jouvencelles exactement semblables à celle qui me barre la route. Elles sont assises sagement l'une à côté de l'autre, en sept ou huit rangs serrés qui occupent presque tout l'espace, sur des chaises de clinique laquées du blanc le plus neuf, en face d'un jeune homme nu, debout sur une étroite estrade, devant elles.

Il est bâti selon les canons rigoureux de la beauté grecque et se tient dans une posture de statue (l'Apollon Sauroctone, sans son arbre d'appui où grimpait un lézard), mais, contrairement aux habitudes chez Praxitèle comme dans nos parcs, son membre viril est de fortes proportions et se trouve (depuis combien de temps ?) dans une érection brillante, à peine courbe, le gland dégagé, luisant, pointant à quarante-cinq degrés vers la main droite à demi tendue qui semble lui montrer le chemin. On dirait qu'il est en train de subir une inspection, un examen de passage, un conseil de révision, un interrogatoire, car les filles ont toutes un crayon à la main et, sur leurs genoux, une planchette-écritoire où des feuilles de papier millimétré sont tenues par une pince.

Mais c'est vers l'intrus qu'elles ont les yeux fixés en ce moment, toutes les têtes blondes ayant quitté avec ensemble le sujet exposé, pour me laisser voir le même regard bleu et vide, reproduit à des dizaines d'exemplaires, juste au-dessus d'un demi-masque de toile immaculée assorti à la blouse, derrière lequel les assistantes cachent leur bouche et leur nez dans les salles d'opération. Contrastant avec cet austère dispositif chirurgical, leurs chevelures libres de toute entrave répandent des boucles dorées sur le front, les oreilles et le cou. La sévère gardienne qui m'a entrouvert l'huis possède d'ailleurs les mêmes yeux d'azur, sans expression, sous les mêmes cheveux soyeux, et c'est de derrière le même masque blanc qu'elle prononce avec brièveté, d'une voix neutre :

« Vous faites erreur. »

La porte claque aussitôt lourdement. J'ai l'impression désagréable d'avoir eu affaire à un clone d'individus strictement identiques, reproduits artificiellement. Je me tourne vers Igéa, qui sourit d'un air cruel, ou du moins ironique :

« Ça, c'est le tribunal », dit-elle en guise d'explication. Quel tribunal ? Trop abasourdi pour exiger de plus amples commentaires, je suis aussi trop impatient de brûler ma dernière chance. C'est Igéa elle-même qui m'ouvre la porte ultime, sans me demander mon avis, après avoir frappé discrètement. Nous entrons tous les deux.

Mais je ne vois pas du tout dans quel lieu nous pénétrons, tant y est épais le brouillard d'étuve qui empêche de rien distinguer à un mètre de distance. Dans cette blancheur opaque et tiède, douillette en quelque sorte si ce n'était la suffocation respiratoire et l'angoisse qu'elle provoque, mes sens s'accoutument ensuite peu à peu et je finis par deviner vaguement le contour des choses les plus proches. Des chaises peintes en blanc, comparables à celles du prétendu tribunal, sont alignées en rangées successives comme dans la salle précédente, mais elles doivent être plus espacées et leur nombre sans doute beaucoup plus grand, bien qu'il soit impossible de déceler les limites de la pièce, dans aucune direction. Tous les sièges sont tournés dans le même sens, comme pour une conférence, un concert, un quelconque spectacle. Presque tous demeurent inoccupés. D'une façon irrégulièrement éparse, immobiles et raides, sont assis des personnages vêtus de pyjamas blancs, dont j'imagine – je ne sais pourquoi – qu'il s'agit de vieillards. Leurs cheveux gris, cependant, ne sont peut-être qu'un effet de la brume. Aucun n'a tourné la tête à notre arrivée, trop absorbés – semble-t-il – dans la contemplation du néant.

« Et c'est là, hasardé-je, la salle d'inhalation des vapeurs irrespirables, issues des profondeurs du sol ? Serait-ce justement le baume de jouvence ? Ou, du moins, le remède provisoire pour retarder la déchéance chez ceux qui viennent ici trop tard, ceux dont l'âge est déjà mûr ? »

Igéa se tait. On entend, matérialisant le silence ouaté qui emplit les oreilles en même temps que les poumons, le bruit régulier de gouttes d'eau tombant l'une après l'autre dans un bac, ou dans une flaque, invisible.

Puis la jeune fille sur un tour nouveau, anodin tout à coup, presque léger, sans répondre à mes questions, prononce seulement cette phrase :

« Tu n'es ici que dans une salle de cinéma.

– Mais on ne voit rien !

– Non. C'est à cause des vapeurs étouffantes où baigne la pièce.

– On devrait apercevoir, malgré tout, les rayons lumineux du projecteur, découpant des faisceaux mobiles dans la brume.

– Non : le projecteur est situé de l'autre côté de l'écran.

– On n'entend, non plus, ni musique ni paroles.

– C'est donc qu'il s'agit d'un film muet. »

Un des spectateurs fantomatiques se détourne un instant vers nous, dérangé par notre bavardage, et nous adresse un « chutt ! » impératif, *mezza voce,* qui se mêle curieusement aux notes claires des gouttes d'eau. Ce bruit serait-il, justement, sur la bande sonore de l'image absente que l'on projette ? Je demande à Igéa, en chuchotant à voix sourde, le titre de l'œuvre. Elle me répond dans un mumure :

« Cela s'appelle *l'Année dernière.*

– Qu'est-ce que ça signifie ?

– Cela dépend des gens. On peut comprendre « la dernière année », c'est-à-dire celle qui va clore définitivement la succession des jours ; ce sens-là est donc futur, bien qu'un futur limité par avance. Ou, au contraire, il s'agirait d'une allusion au passé : l'année qui vient de s'écouler, dont l'achèvement est encore proche ; mais peut-être enfin de façon plus précise : il y a un an de cela, jour pour jour... »

C'est à ce moment que s'élève, emplissant tout l'espace, une voix d'homme qui ressemble beaucoup à ma propre voix, et c'est sans aucun doute, cette fois, le film qui commence :

« Une fois de plus, je m'avance, une fois de plus, dans cette construction d'un autre siècle... »

Comme un rêve d'enfant, perdu, parmi les ruines, ne se rappelant plus ce qu'il y cherchait, quelle trace, quel trésor dérisoire, quelle fine cordelette enroulée en forme de huit, quel canif à lame branlante, quelle poupée de chiffon, ne sachant même plus pourquoi il est ici, ni depuis quand. J'ai déjà dit, dans un précédent volume de cette chronique à l'impossible chronologie, que les ruines de la vieille Europe écrasée sous les bombes, son passé historique parti en fumées, ses maisons natales anéanties (celle de Goethe à Francfort-sur-le-Main, celle de

Wagner à Leipzig et la pauvre mienne à Brest), la ruine parallèle de ce que représentait à mes yeux notre droite maurrassienne (tradition, hiérarchie, discipline, Etat...), sans doute aussi l'échec sanglant et répété (depuis la guerre de Vendée jusqu'aux camps d'extermination nationaux-socialistes) du bel humanisme des Lumières, j'ai déjà supposé – disais-je – que cet effondrement général dont je prenais conscience, à la fin des années 40, pouvait avoir constitué l'élément moteur essentiel de ma décision – plutôt étrange chez un jeune ingénieur de recherche agronomique, passionné par la biologie – d'abandonner tout pour élaborer d'aléatoires architectures romanesques : construire malgré la peur et sans aveuglement quelque chose de solide sur ces débris, au milieu des brumes, de la dérision, du sourd fracas répercuté par les pans de murailles qui n'en finissaient plus de s'abîmer.

Les heurts en coups de bélier successifs, l'explosion soudaine, le sourd fracas des hautes vagues invisibles que j'entends déferler à marée montante, l'une après l'autre, de plus en plus violentes jusqu'à la septième (disait-on quand j'étais enfant), mais leur rythme sans cesse brouillé par d'attendus – toujours inattendus – effets du ressac dans les anfractuosités de la falaise, finissent par composer avec leurs échos, contre-chocs et résonances un chaos de fureurs emmêlées, dont l'acharnement face à mon intrépide forteresse me remet une fois de plus en mémoire un jour de tempête à Saint-Jean-d'Acre, et les gigantesques blocs écroulés des antiques remparts – tout ce qui reste à présent d'un château fort défiant les siècles, bâti par les croisés – disloqués, déchus en tout sens dans des postures grotesques, malmenés encore par d'inlassables paquets de mer, engloutis sous les tourbillons, ruisselants d'écume... Citadelle éphémère, à combien d'équinoxes à venir résistera ma batterie sans canons ?

Hommes de peu de foi, pourquoi pleurez-vous ? écrit à la suite le comte Henri, en réponse à soi-même. Ce monde en ruine n'est pas notre désespoir, bien au contraire, il constitue le fondement de notre liberté future, les bases mêmes de notre énergie... Ici, le mémorialiste obstiné que gagne la fatigue s'interrompt un instant, il trempe derechef son stylographe au mécanisme défectueux dans un reliquat de liquide noir au fond du fidèle encrier de verre, cubique, massif, rassurant, mais il demeure la plume d'or en l'air, ses yeux sombres relevés vers l'étroite ouverture verticale, profondément enfoncée dans son ébrasement de granit, par où menace l'effraction des djinns dont l'essaim hurlant désormais m'entoure : le vent d'ouest, la pluie rageuse, le vieil océan d'encre au paroxysme de son déchaînement nocturne.

Où suis-je ? Quel retour ai-je accompli ? Serais-je revenu à Porsmoguer pour y rédiger cet ultime connaissement ? Ou bien, est-ce à nouveau Keréol en Léonnois, où Tristan blessé agonise entre les créneaux démantelés de son ancestrale demeure ? Mais toute l'œuvre de Wagner ne se construit-elle pas, précisément, sur les glorieuses ruines du système tonal dont elle devient l'apothéose ? Ainsi en irait-il du roman moderne – le dernier roman – qui édifie ses structures mouvantes avec le matériau ruiné de l'ancien, celui du réalisme, c'est-à-dire de la certitude. Tandis que l'exaltante, hypothétique et vertigineuse physique des particules consomme à son tour la ruine de toute matière ferme et stable. « *Three more quarks for mister Mark* », chantonnait Joyce dans *Finnegans Wake.*

Trois quarks de plus, trois fois trois quarks, pour venir à bout de notre raison. Quant au bon roi Mark, depuis la perte de son valeureux Tristan, il a fini par abandonner ses derniers attributs dans l'aventureuse anti-croisade. Personnage impersonnel aussi mobile que variable, à l'identité précaire, ouverte à tous les vents, sa psyché – fort loin de la plénitude tranquille qu'elle affichait autrefois – n'est plus faite à présent que de failles, d'absences et d'aporétiques contradictions en chaîne. « On l'ouvrit et ne trouva rien », écrit Flaubert après le décès abrupt de Charles Bovary ; ce Charles qui paraissait si compact, si bien assis, si peu enclin au manque d'être, la simple chiquenaude d'une enfant chétive aura suffi à le faire choir dans le néant.

En fait, depuis la mort de Dieu, c'est l'être lui-même dont l'émiettement, la dissolution, se prolongent sans fin. Mais il va puiser sa force nouvelle au sein de ce désastre obscur. Construire sur des ruines, en effet, ne signifie pas remettre debout quelque nouveau système de cohérence, de vérité, de verrouillage, comme si de rien n'était. C'est au contraire prendre l'état des notions ruinées et la notion même de ruine comme ferment d'une existence à inventer, légère et vacante.

Pourquoi donc pleurez-vous le naufrage des idéologies communautaires, fascisme latin ou germanique, socialisme à la russe ou à la française ? N'est-ce pas aussi vain que de vous appesantir sur l'inimaginable déroute de notre armée, en quelques jours ensoleillés de juin 40, comme sur la faillite soudaine des empires coloniaux, dont les couleurs pastel couvraient nos atlas scolaires de rassurantes plages civilisatrices, mauves pour la France, roses pour l'Angleterre ? Et n'espérez pas non plus vous réfugier sous l'aile abusive d'une des trois divinités « uniques » qui se disputent les ruines de Jérusalem. En dépit des foules qui braillent et se prosternent, ici et là, en leurs noms, pour imposer la dictature de leurs prêtres, vous savez bien que ce sont trois dieux morts.

Défunte, elle aussi, l'ancienne suprématie du sens – aboli bibelot – nous a laissé l'esprit dans une joyeuse dérive : les multiples significations tout alentour (puisque à l'intérieur de nous-mêmes il n'y a plus rien que *pro-jet,* c'est-à-dire du vide, le « creux toujours futur »), les significations parcellaires et les signes égarés, ayant perdu de proche en proche leurs cohésions œcuméniques, leur solidarité totalitaire, se sont désintégrés bientôt en un grouillement de particules élémentaires de plus en plus fines, qui se déplacent maintenant sans repos en quête de possibles assemblages, aléatoires, instables, dans une immense production d'énergie dépourvue de finalité.

Ainsi le nouveau roman n'est plus celui de la durée, mais au contraire de l'instant, fragile et sans ancrage. Son espace en ruine devient le lieu textuel des échanges, des transits paradoxaux, des combats douteux et défaites imaginaires, que viennent par opposition mettre en évidence la solidité des constats et l'insistante précision des détails matériels, dont le rôle demeure problématique. En fait, l'âge héroïque de la croyance est révolu, que ce soit en politiquc ou dans la sainteté, en littérature ou sur les champs de bataille... Adieu, donc, beaux chevaliers en armure blanche. Adieu Gauvain, adieu Tristan, adieu Lancelot, Galaad, Corynthe, adieu Sigurd et Brunehilde, Perceval le Gallois, Arthur de Bretagne...

La plume à nouveau en suspens au-dessus des innombrables feuilles raturées qui s'emmêlent entre ses mains lasses, le comte Henri laisse voguer son rêve (ses regrets ?) sur la houle du large, vers de fantomatiques souvenirs de guerre.

Mais ce n'est plus cette fois le bel été 40, ni l'automne boueux de 1914. Nous sommes à présent au cœur d'un rude hiver au millésime incertain. Le cavalier pensif sur sa jument blanche, légèrement déhanché vers le côté gauche de la selle selon son habitude à la fin d'un long parcours, l'ankylose progressive de l'ancienne blessure au genou droit se trouvant encore accentuée par le froid très vif, porte ici l'uniforme glorieux du cadre noir de Saumur, dont il était naguère officier instructeur. On le dirait perdu, dans ses réflexions du moins.

Seul, silencieux, il s'avance à pas lents sur la neige fraîchement tombée, déjà durcie par le gel, qui recouvre d'une couche à l'épaisseur constante (dix centimètres environ) les restes calcinés d'un gros bourg, construit jadis en pierres de taille, pour l'éternité, où nulle maison n'est demeurée debout après de violents bombardements à l'artillerie lourde, suivis par un embrasement général.

En l'absence totale de vent, la neige s'est déposée d'une façon régulière, ne laissant à découvert que les surfaces verticales qui dessinent désormais sur l'ensemble du tableau un réseau schématique de traits noirs, plus ou moins larges, avec çà et là quelques rectangles ou rhombes, ainsi que des formes pentagonales, trapézoïdes, triangulaires, moins souvent curvilignes, toutes également noircies par les suies denses du récent bûcher. Le paysage entier, dans quelque direction qu'on l'observe (jusques et y compris Henri de Corinthe avec sa monture), est ainsi du plus parfait noir et blanc, semblable par sa netteté sans finesse excessive à une gravure sur bois du siècle dernier.

Le cheval à la robe immaculée y marche d'une allure à ce point mécanique, engourdie, qu'il donne l'impression d'être aussi figé que son maître et que la totalité du décor, à l'arrêt pourrait-on dire. Seules les empreintes nettes des sabots ferrés sur l'étendue vierge impriment la successive mesure d'un temps devenu abstrait. Celle-là mise à part, on n'observe d'ailleurs aucune trace de passage : ni d'un cavalier, ni de fantassins, ni d'un chien égaré, ni du moindre mulot chassé de son trou.

Les fragments disloqués des habitations et monuments, moins voilés que mis en valeur par leur fourrure d'hermine, révèlent en maints endroits des caractéristiques architecturales qui étonnent sur ces confins ruraux de la Lorraine, éléments bien reconnaissables d'un XVIII^e siècle néo-grec dont la présence serait certes plus normale dans une grande ville comme Nancy : frontons isocèles à corniches moulurées, fûts de colonnes profondément entaillées de cannelures, stylobates, chapiteaux corinthiens aux feuilles d'acanthe ourlées et retorses... Le comte Henri pense qu'arrivé la veille, ou plutôt sans doute au cours de la nuit précédente, on l'aurait pris lui-même sous la lueur rouge des flammes pour le consul romain Mummius en personne, tel que le représente une toile célèbre de Tony Robert-Fleury, exécutée en 1870. Les peintres pompiers aiment l'incendie, écrirait Ruskin.

Mais voilà que le cavalier solitaire, ayant franchi une

brèche plus étroite qui lui masquait en partie la vue, aperçoit maintenant un magnifique cheval jais, penché sur ce qui semble une dépouille humaine couchée dans la neige. Il s'approche et reconnaît bientôt, sur ce jeune lieutenant sans blessure apparente, l'uniforme noir des divisions blindées allemandes (il doit donc s'agir d'un officier de liaison), fort comparable en bien des points à celui que Corinthe vient de revêtir aujourd'hui, exceptionnellement.

L'homme est allongé sur le dos dans la posture abandonnée d'un paisible sommeil. Mais il a les yeux grands ouverts et le regard fixe, sans vie selon toute apparence. Sa bête, immobile elle aussi, souffle par les naseaux la brume tiède de son haleine, comme si elle cherchait à réchauffer la poitrine inerte, décorée du large ruban noir-blanc-rouge d'une croix de fer hors classe. Nulle poussière blanche n'apparaît sur la fine étoffe de laine, pas plus que sur les bottes et gants noirs, ou sur le visage tranquille du mort. Une explication possible de cette absence serait que le beau lieutenant a été atteint par une balle perdue alors que la neige avait presque fini de tomber. Les derniers flocons auront suffi à recouvrir toute trace de sabots ou talons, invisibles en effet partout alentour, tandis qu'ils ont aussitôt fondu sur le cadavre encore tiède.

La respiration du cheval fidèle ne pourrait plus, en tout cas, y produire autre chose que du givre, car le corps est à présent glacé depuis les pieds jusqu'à la tête, comme peut s'en assurer Corinthe, descendu de sa monture et un genou au sol. Il a même déboutonné la vareuse militaire raidie, pour en être tout à fait sûr, et ôté son propre gant de cuir noir. Sous ses doigts qui touchent avec douceur, presque avec tendresse, l'intimité refroidie des vêtements, il trouve une carte d'identité, qu'il ne voudrait pas s'abstenir de déchiffrer, en y apportant toute son attention, son respect, sa mélancolie...

Le lieutenant se nommait Kurt von Corinth. Il était donc peut-être un de ses parents lointains..., presque homonyme par ailleurs du romancier Kurt Corrinth (avec sa consonne centrale bizarrement redoublée), né en 1894 (c'est-à-dire la même année que papa), chantre peu orthodoxe du national-socialisme qui prophétisait la communion universelle par l'action, le sexe et la mort... Mais, plus encore que le patronyme du disparu, c'est sa photo surtout qui frappe d'angoisse l'officier français.

D'une main fébrile, tremblante à la fois de peur et d'impatience, il fouille dans sa propre poche intérieure pour en extraire ses documents personnels, afin de comparer les deux images... Il s'agit, sans aucun doute possible, de deux copies identiques d'une même photographie (tirées à partir d'un négatif unique). Elles comportent l'une et l'autre, de surcroît, exactement le même léger défaut en surface, sous l'œil gauche, dû au laboratoire qui les a très évidemment produites le même jour sur la même machine.

Henri de Corinthe se rappelle parfaitement l'origine du cliché : un portrait datant de son séjour comme instructeur à l'école de cavalerie, donc assez ancien déjà. Il n'en avait pas d'autre sous la main lorsque ont été établis les faux papiers, où il porte le nom de code « Henri Robin », dont il se sert pour ses missions particulières ou déplacements secrets. Cédant à une panique irraisonnée, il remet en place avec précipitation, tant bien que mal, la brûlante pièce d'identité allemande...

Il rencontre alors entre ses doigts anxieux un rectangle en papier fort, glacé sur une face, qu'il pressent aussitôt être un souvenir de famille... La main du comte Henri s'immobilise, comme sachant à l'avance ce qu'il représente. Et c'est avec une lenteur à l'extrême limite de la paralysie qu'il extrait, à contre-cœur, une épreuve photographique au format 6 x 9... Marie-Ange y est vue de face, cadrée aux hanches et surprise sans doute par l'appareil, car elle ouvre de grands yeux tout en disjoignant les lèvres, esquisse d'un éclatant sourire sans pose qui confère à l'instantané une rare sensation de vie.

Dans un geste impromptu et gracieux, la jeune fille a pris l'air effrayé de celle qui se voit mise en joue par une arme à feu, non par un objectif, et levé les deux mains en l'air, les bras nus aux courbes adoucies simulant une reddition craintive que dément l'éclat de rire en train de poindre, dont la joie explosera sitôt après le déclic. Comme elle ne porte aucun vêtement, la posture offre au spectateur le charme juvénile de ses seins ronds d'adolescente, avec la taille très marquée un peu au-dessus d'un nombril délicat. La beauté radieuse de son visage doit s'expliquer par ce qu'elle vient tout juste (ou, plus exactement, qu'ils viennent) de faire l'amour... Marie-Ange s'apprêtait sans doute à se rhabiller... A l'arrière-plan, on aperçoit sur le côté gauche, accrochée à quelque patère, une vareuse noire d'officier qu'orne la croix de fer.

Mais, à mieux étudier l'expression ambiguë des traits et de toute l'attitude, on peut aussi bien (ou encore mieux ?) leur donner un sens fort différent : c'est bien en fait un fusil de guerre qui vise la jolie victime incrédule, tandis qu'un autre soldat, situé presque dans le même axe, prend l'image obscène d'une exécution. Rempli d'une soudaine horreur, Corinthe remonte en selle d'un mouvement si vif que son genou blessé le fait crier de douleur, cependant que, toute proche, une détonation d'arme individuelle déchire l'air. L'officier français se demande combien de temps aura duré cette pause répréhensible, non prévue par son ordre de mission.

Jetant un coup d'œil en arrière au bout d'une dizaine de mètres, il constate avec épouvante que le second cheval (noir) lui a emboîté le pas, comme s'il suivait avec naturel son propre maître. Tout autour, l'aspect mortuaire du décor paraît encore plus inquiétant aux nerfs exacerbés du cavalier retardataire : cette ville inconnue, bâtie en ébène, basalte, obsidienne et marbre d'astrakan, qui ne figure sur aucune carte, n'était-elle qu'un cimetière monumental, bombardé par erreur ? Au premier plan, vers l'angle inférieur droit du cadre, une grosse pierre dressée exhibe encore, gravée en capitales romaines, la signature d'un constructeur de mausolées ou de cénotaphes : Mark Tansey, architecte.

Pour des raisons internes (assez obscures) d'architecture narrative, je devais développer ici, dans la continuité des réflexions hâtives de mon héros sur « le roman en ruines », l'analyse détaillée de quelques œuvres plus ou moins récentes, plus ou moins célèbres dans le grand public, que je considère comme de très grands livres, soit, par ordre de parution : *Tropismes* (1938) de Sarraute, *la Route des Flandres* (1960) de Simon, *Passacaille* (1969) de Pinget, *l'Amant* (1984) de Duras, *la Trilogie new-yorkaise*

(1986) de Paul Auster et *l'Appareil-photo* (1988) de Jean-Philippe Toussaint.

Mais, après avoir rédigé un premier brouillon concernant Duras, où, empruntant à *Logique du sens* de Gilles Deleuze sa représentation d'un fonctionnement structurel, je déployais une théorie des débris mobiles (emportés dans les eaux troubles d'un Mékong mythique de la mémoire, charriant entremêlées une « photo manquante » et des traces mal digérées de l'Occupation), je m'aperçois que ces études beaucoup trop longues formeraient, dans la continuité discontinue de mon errante autobiographie, une excroissance monstrueuse. Et puis, j'ai trop souvent déjà construit-déconstruit ces machineries textuelles, lors de conférences et cours universitaires, en particulier pour *l'Amant, Passacaille* et *l'Appareil-photo* qui sont d'excellents objets didactiques. Aujourd'hui encore (29 octobre 92) à Saint Louis, j'entame avec mes étudiants la lecture minutieuse de Toussaint.

Je puis espérer, cependant, que mes difficiles amis ne m'accuseraient pas, cette fois, de vouloir m'approprier leur travail par une interprétation frauduleuse (Flaubert, pour sa part, ne m'a jamais fait ce reproche), puisque Simon donnait lui-même au *Vent* un sous-titre sans équivoque (« tentative de restitution d'un retable baroque d'après les fragments retrouvés dans une chapelle en ruine ») et que Marguerite Duras parle avec émotion de son propre visage ruiné.

Voici donc Henri de Corinthe qui reprend plus tôt que prévu, las et déhanché sur son cheval blanc (suivi par un double négatif du plus beau noir), sa marche incertaine à travers le désastreux cimetière des identités et des uniformes. Il se demande à présent si le jeune lieutenant mort n'était pas Marie-Ange elle-même, dont il n'aurait pas reconnu sur le moment les traits devenus rigides, qui l'ont pourtant frappé par leur séduisante perfection ainsi que par un air familier de déjà-vu.

L'officier français regrette donc de n'avoir pas eu le loisir, pressé qu'il est par sa mission urgente (quelle mission, au juste ?), de comparer ce visage sans vie avec celui de la jeune fille nue dont l'étincelante photographie doit se trouver toujours (depuis quand ?) dans sa poche intérieure la plus secrète. Marie-Ange s'y apprêtait, avec une merveilleuse nonchalance d'après l'amour, à remettre ses vêtements militaires masculins qui se trouvaient encore accrochés au mur, derrière elle, sur la gauche, quand il a pris ce cliché à l'improviste.

Ce serait trop tard maintenant pour revenir sur ses pas, d'autant plus que la nuit est tombée dans l'intervalle, et qu'on ne distinguerait plus rien sous la fausse clarté blafarde du décor enneigé, où les gros flocons impalpables qui recommencent à descendre avec lenteur (verticaux, réguliers et parallèles comme des atomes de Lucrèce) auront vite fait de recouvrir mes propres empreintes, puis d'ensevelir tout à fait le soldat allemand défunt dans son froid linceul et son mystère intact. Selon une logique dont l'enchaînement m'échappe, l'image me vient alors à l'esprit d'un flacon de parfum, offert sans doute à maman par quelque amie plus fortunée, qui se trouvait sur la tablette de la salle de bains, rue Gassendi, vers la fin des années 20 ou le tout début des années 30.

La fabuleuse essence s'appelait le *Narcisse noir* de Caron. Le flacon a dû rester là fort longtemps, sous la glace rectangulaire au cadre en bois strié de cannelures, entre de plus modestes objets, car je m'en souviens d'une façon si précise que je crois l'avoir sous les yeux : c'était du cristal blanc très épais, avec sa forme antique en coupe évasée recouverte par un ménisque à peine convexe et couronnée par un large bouchon aplati, mais aux reliefs bien marqués, en opaline noire dépolie qui représentait une fleur grande ouverte, ressemblant d'ailleurs davantage à une églantine ou à une renoncule épanouie qu'au narcisse commun, à cause des étamines nettement proéminentes autour du cœur.

Le nom prédestiné du parfumeur, passeur des morts, a dû se joindre dans mon imaginaire d'enfant rêveur à une observation personnelle souvent répétée : quand on penche trop le corps pour se regarder dans la mare d'un sous-bois, le visage qui apparaît au fond de l'eau semble noir. Peut-être s'y mêlait encore le titre énigmatique d'un roman de Conrad, *le Nègre du Narcisse,* aperçu dans la boîte d'un bouquiniste, sur les quais. Ainsi c'est un moi négatif dont le clair Narcisse était amoureux et qu'il voulait embrasser pour se confondre avec lui. Caron, glissant dans sa barque à la surface du miroir, vient aussitôt cueillir l'androgyne noyé, victime d'un baiser de mort.

Il arrive aussi qu'une image perçue de façon irréfutable ait été si fugitive, et en même temps si improbable, qu'on doute aussitôt de sa véracité. A peine quelques années plus tard, elle apparaît comme une pure vision onirique, qui a seulement survécu parce qu'on l'a souvent rapportée, devenue toutefois avec le temps de moins en moins crédible, de plus en plus irréelle, romanesque.

C'est de nouveau en plein hiver, mais au Mesnil à

présent. Il a neigé, cette fois encore, une partie de la nuit. Au matin, quand j'ouvre les volets de la cuisine (pour y préparer mon thé), côté nord, c'est-à-dire vers le parc à l'anglaise, je vois en face de moi sur la vaste prairie-pelouse toute blanche, à dix mètres ou guère plus, un énorme sanglier noir, vieux mâle solitaire, immobile et placé presque de profil, qui sans doute m'observe fixement avec son œil droit.

Il n'a dû rester à l'arrêt que cinq ou six secondes ; pourtant je n'ai aucun souvenir de l'avoir vu s'en aller ni esquisser le moindre mouvement. Mais à peine plus tard nous suivons sa trace sans difficulté, grâce aux empreintes fourchues bien marquées dans la neige peu profonde. Et le fermier voisin, accouru à la rescousse, me confirme que, d'après leurs dimensions, il s'agit en effet d'une bête (un cochon, dit-il) de taille exceptionnelle. Pour sortir de la propriété vers la route, le puissant animal (qui, comme on sait, ne fait guère dans la dentelle) a massacré une haie d'épines et emporté la clôture au quadruple fil de fer barbelé, en même temps que ses poteaux en béton. Ensuite, il a tout simplement disparu.

Vers cette même époque, mais la saison est maintenant beaucoup plus avancée, nous recevons des amis qui doivent passer quelques jours à la maison : Frank (*versus* Michel) Verpillat, les Fano, Marie-Eve, Françoise Hamel, Gost, peut-être aussi Christine Boisson... C'est dans la semaine, juste avant Pâques, où les cloches « parties pour Rome » sont absentes du paysage sonore. Il fait un temps extrêmement doux et les narcisses penchent vers l'eau du bassin supérieur leurs corolles aux tons crème, orange, citron, rose saumoné.

En plein milieu de la nuit, un formidable coup de

tonnerre ébranle toute la vieille demeure, sans qu'on ait le moindrement perçu l'approche d'un orage. Dans le long couloir dallé du premier étage, les portes des différentes chambres s'ouvrent l'une après l'autre. Nos hôtes, réveillés en sursaut comme Catherine et moi-même, qui occupons chacun une pièce séparée, sortent un peu hébétés sans même prendre la peine de dissimuler qui dormait avec qui. Par les trois fenêtres aux volets demeurés ouverts qui donnent vers le nord, nous voyons avec stupeur, dans une lumière surnaturelle de cataclysme, le parc tout blanc d'une neige déjà épaisse dont il n'y avait ni amorce ni présage la veille au soir. Et les lourds flocons serrés poursuivent leur chute régulière, lente, verticale en l'absence du plus léger souffle d'air.

On entend des cloches qui sonnent à toute volée, surtout dans les notes graves, si présentes qu'elles paraissent provenir des environs immédiats. Est-ce le tocsin ? Ou bien la messe maudite que venait célébrer dans les ténèbres, au jour anniversaire de son assassinat sur la lande de Lessay, l'abbé de La Croix-Jugan ? L'église la plus proche, qui communique par un long sentier privé avec le château, construit comme elle vers cette même année où paraissent les *Pensées* de Pascal, est située à près d'un kilomètre. Elle est fermée depuis des lustres.

Un service religieux y a lieu une seule fois par an, un dimanche d'été, le prêtre d'une paroisse plus importante se déplaçant exprès pour cette fête conviviale de notre petit village. Rien à voir, donc, avec l'actuel déchaînement nocturne du sinistre carillon, dans une atmosphère de fin du monde. Aucun d'entre nous ne se risque à d'inutiles commentaires : seulement quelques monosyllabes phatiques, où les plus troublés s'assurent qu'ils ne rêvent pas. Par moment, détachant nos yeux embrouillés de l'insolite spectacle extérieur, nous nous regardons, abasourdis, dans le noir puisque la foudre a fait sauter le disjoncteur électrique.

Mais au bout d'un certain temps, impossible à chiffrer, il semble que le vacarme enfin s'éloigne. Chacun, peu à peu, rentre chez soi. L'essaim des djinns est passé. Le lendemain matin, je me lève tôt et rétablis le courant, puisque l'orage (évanoui aussi vite qu'apparu) ne présente plus aucun risque pour les appareils sensibles, qui ont bien résisté au premier choc. Dehors, la neige a entièrement fondu. Il fait toujours aussi doux. Personne n'a entendu de cloches, cette nuit, dans les fermes du voisinage.

Le visage du comte Henri, épuisé par son travail sans fin et par le manque de repos nocturne, laisse cependant un pâle sourire s'ébaucher sur ses lèvres lasses, à cette double évocation du solitaire noir devenu gigantesque (bête d'un Gévaudan légendaire qui mesurait plus d'un mètre au garrot) et du bourdon fantôme que mettait en branle le héros infernal immortalisé par Barbey d'Aurevilly. J'ai déjà signalé la parenté très proche de ces deux familles : Corinthe et La Croix-Jugan. J'ai dit également, j'en suis sûr, que mon propre grand-père maternel, Paul Canu, premier-maître dans la Royale, était lui aussi originaire des environs de Lessay.

Mais voilà que les chocs sourds, puissants, répétés, ont repris dans les profondeurs du roc, sous l'ancienne batterie côtière, et Henri de Corinthe, troublé peut-être en outre par l'abus d'excitants psychiques censés combattre le sommeil qui de plus en plus le gagne, se persuade maintenant qu'il existe quelque chose d'autre, au cœur de la falaise, que ces caves aux trois quarts éboulées, datant de Vauban comme tout le massif édifice, dont il a exploré plus ou moins sommairement l'obscur et dangereux labyrinthe, lors de son acquisition.

Manquent ici, malheureusement, les pages où notre mémorialiste incertain relatait ses investigations nouvelles – entreprises séance tenante, croyons-nous, et cette fois de façon systématique dans le halo d'une puissante torche – à travers les entassements chaotiques de blocs rocheux dont personne ne savait au juste s'ils représentaient un début de construction, abandonné à l'état d'ébauche à cause des difficultés techniques rencontrées au cours du travail, ou bien au contraire l'effondrement d'une réalisation menée à son terme et utilisée jadis, survenu donc beaucoup plus tard.

Il semble en tout état de cause que l'opiniâtre vieillard ait fini par découvrir un passage encore praticable (bien que non sans mal), débouchant sur des salles bétonnées de vastes dimensions et relativement récentes, mais totalement vides : sans doute des abris creusés par les Allemands pendant la dernière guerre pour y entreposer des munitions particulièrement précieuses, ou quelque autre matériel ultra-secret, élément peut-être primordial de ce qu'on appelait le mur de l'Atlantique.

Sur les parois grises, brutes de coffrage et insuffisamment lisses pour y tracer des signes nets, on relève une grande diversité d'inscriptions manuscrites, en cursive gothique, à la craie, au charbon, ou encore au moyen d'une sorte d'encre rougeâtre, mais elles sont pratiquement indéchiffrables aujourd'hui, mis à part plusieurs graffitis obscènes au dessin maladroit, montrant surtout des vulves ouvertes en différentes situations passives, comme on en rencontre dans tous les casernements du monde.

A l'intérieur d'une pièce plus petite, située un peu à l'écart et ne possédant qu'un seul accès, se verrouillant par une grille en fer demeurée ouverte et si rouillée à présent qu'elle ne tourne plus sur ses gonds, une sentence de trois lignes apparaît avec plus d'évidence que le reste, mais écrite d'une main si hâtive que l'on pourrait y lire à peu près n'importe quoi, se terminant néanmoins par ces deux mots « *meinem Sinn* », c'est-à-dire : « mon esprit » décliné au datif, comme il le serait dans l'expression « hors de mon esprit », ce même substantif pouvant aussi avoir le sens fréquent de « signification ». Là encore, cependant, l'emploi de la graphie germanique d'avant-guerre transforme le syntagme en une série régulière de courts segments parallèles, presque verticaux, reliés entre eux par des déliés plus obliques composant des dents de scie, comme si un petit enfant, pendant son apprentissage de l'écriture, s'était seulement exercé à former des barres.

Ou bien un prisonnier (à moins qu'il ne se soit agi d'une jeune captive ?) aurait pu n'avoir consigné par ces traits successifs que la répétition d'un événement (de quel genre ?) ou même seulement la succession des jours, dans son cachot privé de lumière naturelle. Un amas de fins débris végétaux, dans un angle, pourrait alors devenir les restes décomposés d'une litière de paille. Juste au-dessus, un gros anneau en fer – également très déformé par la rouille qui le soude désormais dans son tenon – se trouve d'ailleurs scellé au béton, rendu ici luisant par l'usure, à un mètre du sol ou à peine plus. Mais cela pouvait être, tout simplement, pour y attacher le licol d'une mule, dont ç'aurait été là l'écurie.

La dernière des grandes salles souterraines, plus ou moins cubique comme la plupart des précédentes, possède une sortie sur la mer par une espèce de boyau naturel perçant le schiste, et vraisemblablement élargi à dessein par l'homme, qui débouche au fond d'une grotte dont l'entrée doit être toujours accessible à marée basse, depuis le rivage. Il est possible que les violents coups de boutoir ressentis jusqu'au cœur des superstructures, par périodes, proviennent de l'océan qui s'engouffre en furie dans l'ouverture de cette cavité, au plus fort du flux montant, et vient frapper avec une puissance amplifiée contre ses parois creusées en chambre d'écho, du moins lors des très hauts niveaux atteints vers la syzygie.

Quant au texte qui suit, là où les feuilles clairement rédigées prennent à nouveau le relais des brouillons couverts de ratures, de contradictions et de ressassements, il apparaît surtout comme le fruit maladif d'hallucinations colorées, presque abstraites, qui peuvent n'avoir qu'un lointain rapport avec la réalité objective, chère (en théorie du moins) à notre auteur, faisant plutôt songer aux toiles du peintre Paoli, que l'on ne doit pas confondre avec un autre artiste moins connu nommé Yves Simon, lequel est en même temps poète et chirurgien.

A peine discernable derrière l'épaisse brume arrivant du large en nuées successives, le soleil est déjà bas dans le ciel, de nouveau, lorsque je quitte la forteresse par son issue secrète. Le vent de mer semble avoir un peu faibli, mais souffle toujours, discontinu maintenant, par rafales soudaines et compactes qui donnent la déroutante impression de morceaux séparés les uns des autres et délimités avec précision, comme si c'étaient des paquets de tempête aux formes dures, arrondies, plus ou moins étendus, plus ou moins rapprochés, dont la force aussi probablement varie, bien qu'il soit difficile d'en juger avec certitude, une durée moins brève faisant l'effet sans doute d'une violence accrue.

Ces boules de vent sont colorées, si l'on y prête attention, chacune présentant une teinte pastel à peu près uniforme, mais très différente de l'une à l'autre, quoique le plus souvent dans les mauves, opale, azur, certaines tirant sur le rose vineux, et d'autres se signalant tout à coup par une robe beaucoup plus sombre, ou plus éclatante, violette, cuivre, ou même carmin. Les moins volumineuses sont peut-être, dans l'ensemble, les plus vivement pigmentées. Mais il y a des exceptions.

Quand elles viennent buter contre les parois abruptes de la falaise, toutes subissent le même sort : leurs masses globuleuses se déforment à peine et roulent mollement jusqu'au bas des pentes, où elles s'accumulent, très nombreuses par endroit, sur les derniers rochers du rivage, bruns ou noirâtres, dont les dimensions et les croupes rebondies, usées par les vagues des grandes marées qui les atteignent chaque mois, ne sont pas sans rappeler – sinon par leur couleur – ces sacs de vent morts qui se sont glissés entre elles ou les surmontent en amas coniques au pied des escarpements.

Plus en avant, à vingt mètres environ de l'eau et des

courbes mouvantes qu'elle trace sur le sable lisse, autant du moins que je puisse mesurer les distances sous cette blème lumière trop égale qui gomme tout relief, trois chevaux me regardent, immobiles entre les premiers blocs massifs de granit marquant la limite supérieure, incertaine, du sol blond et vierge où je m'avance une fois encore. Ce ne sont pas là des pur-sang de course aux formes élancées, mais plutôt des bêtes de labour, fortes, lourdes, quasi géantes, dont j'avais pris d'abord les solides reins et garrots pour de la pierre parmi les pierres, leurs jambes se trouvant alors masquées par un long dôme rocheux en premier plan.

Ce sont des mâles. L'un est blanc, l'autre isabelle, le troisième est d'un bleu à peine grisâtre, tout à fait improbable. Leurs trois corps, groupés dans un espace sableux assez restreint, se touchant presque en plusieurs points par une hanche ou un poitrail, ne se trouvent pas orientés de manière identique, mais les trois têtes sont cependant tournées dans ma direction, selon des torsions appropriées de l'encolure témoignant d'une souplesse rare, aussi figées néanmoins que si on les avait coulées dans le bronze.

Que font donc ici d'aussi remarquables créatures de légende, dont je n'ai certes jamais jusqu'à présent aperçu la silhouette dans les parages ? Les charrettes des goémoniers ne fréquentent pas cette côte, où les grèves sont exiguës, difficiles d'accès, pauvres en varech. Comment, d'ailleurs, ces trois animaux corpulents sont-ils descendus jusqu'en bas par les bouts de raidillons croulants, discontinus, impraticables même pour des mules ? Auraient-ils dont été débarqués par mer ? Sur quelles embarcations insolites ? Grâce à quel miracle d'adresse de quel aventureux marin ? Et dans quel but ? Solitaires, sans harnais ni selles, ni entraves d'aucune sorte, ils attendent. Et ils me regardent avancer vers eux sans bouger d'un iota.

Une vieille croyance bretonne, entretenue jusqu'à une époque récente par les récits des douaniers et garde-côtes, nous avait persuadés, dans mon enfance, qu'il existait sur les îlots inhabités, à la pointe du Finistère, des chevaux sauvages d'essence surnaturelle que l'on appelait « chevaux de saint Corentin », ou bien aussi « les chevaux du vent ». Ces beaux étalons sans femelles, dont la taille aurait été largement supérieure à celle des espèces connues, armoricaines comme étrangères, apparaissaient ou disparaissaient au gré des fortes tempêtes, par les nuits d'orage principalement. J'en ai moi-même aperçu deux, dans le brouillard intermittent d'un matin très calme, depuis le pont du vapeur effectuant le service entre Ouessant et Molène, deux moreaux échevelés qui se battaient sur une étroite lande au-dessus de l'océan, tandis qu'une sirène de brume mugissait, invisible mais toute proche, signalant quelque dangereux récif dont ne semblait pas s'inquiéter l'équipage...

Je continue d'avancer vers eux. Aucun des trois n'ébauche le moindre mouvement, ni ne tressaille d'un seul muscle. Ils ont l'œil fixe, les naseaux trop ouverts. Et il y a dans leur regard cette même folie criminelle dont le surgissement m'épouvantait soudain, au réveil, dans l'œil rivé sur moi de la noire monture cabrée du dernier empereur, au centre exact de l'imposant tableau équestre qui représente Don Pedro à l'issue d'une sanglante bataille, face au vaste lit d'apparat de la suite

« royale » que j'occupais naguère, à l'hôtel Lutetia d'Heropolis.

Enfin sorti du cauchemar récurrent qui le poursuit d'heure en heure, le comte Henri, dans un douloureux sursaut de sa volonté, domine cet inexplicable épuisement qui accable son esprit comme ses membres et se dirige (pour quelle raison ?) vers la majestueuse fenêtre en encorbellement dont les lourds rideaux rouges étaient demeurés (sont demeurés, seraient demeurés, mais depuis quand ?) largement ouverts entre les embrasses de bronze qui en cintrent le drapé. Il fait grand jour, maintenant. D'après les ombres compactes sur le pavage aux galets blancs et noirs, il doit être près de midi. Sous l'araucaria géant, les deux motocyclistes en tenues paramilitaires immaculées sont toujours là, fidèles à leur poste.

Revenant vers sa couche en désordre, quoique demeurant dans sa confusion même digne encore de Sardanapale, Corinthe, qui ressent à nouveau les longs éclairs lancinants de l'ancienne blessure, se mêlant ici à une raideur nouvelle de tout le corps, constate avec un étonnement brumeux et une vive contrariété que de larges taches rouge vif, entourées de maculations satellites, souillent toute la partie centrale du drap ainsi que la base de l'oreiller. Mais il n'a guère le temps de s'appesantir sur ces traces (de sang ? le sang de quelle déchirure ?) qu'il devrait sans doute (pourquoi ?) faire disparaître (comment ?) avant que les jeunes femmes de chambre au babil gracieux n'envahissent ses appartements personnels. Il pourra toujours prétendre s'être coupé, profondément, avec son rasoir de barbier...

En tout cas, un rendez-vous avec le mystérieux Boris Biron (un pseudonyme ?) au café Rodolphe est cent fois plus important (croit-il) que les prévisibles ragots des domestiques. Sans motif discernable, il repense alors à l'idée bizarre du jeune critique proustien Bruno Fourn, dans *le Télégramme de Brest,* selon qui c'est en fait la morsure apaisante du vampire que le narrateur de la *Recherche* attend chaque soir, avant de s'endormir, sous cette métaphore enfantine du baiser maternel, toujours déjà fini, annoncé enfin par le glissement des pas dans le couloir feutré à double porte...

Et voilà que, juste à ce moment (c'est-à-dire tandis qu'Henri de Corinthe a encore son regard rêveur dirigé vers la toile blanche et vermeille), des coups violents sont frappés contre la porte du couloir, dont le bois très épais résonne comme un sourd fracas d'orage, suivis aussitôt par le bruit clair d'un passe-partout qui fait jouer successivement les deux pènes dans la serrure. Et trois messieurs tout de noir vêtus, en longs pardessus cérémonieux, cravates, gants de soirée, chapeaux melons vissés sur le crâne, font irruption au milieu du vestibule.

Le premier qui franchit le seuil de la chambre, par la porte intérieure restée grande ouverte (pourquoi ? depuis quand ?... etc.), exhibe sans ostentation excessive – et même d'une façon curieusement discrète, presque gênée – la carte plastifiée barrée suivant sa diagonale d'une large bande jaune et verte qui distingue les inspecteurs de la police nationale, ceux de l'Etat ne possédant ici qu'un étroit trait rouge. Le second des intrus transporte une lourde mallette nickelée ainsi que du matériel assez encombrant, bien que pliable et téléscopique, constitué surtout par des tubulures en métal poli. Le troisième des personnages demeure en retrait, ses mains gantées de noir croisées contre les revers du manteau, s'apprêtant à surveiller le bon déroulement des opérations. Et il n'a paru s'adresser à aucune personne précise quand il a dit, sur le ton neutre du constat : « Vous auriez donc dormi tout habillé. »

Le comte Henri a jeté un coup d'œil sur son costume blanc, lequel ne présente ni tissus fripés ni la moindre trace brunâtre, ce qui le surprend un peu. Mais il ne répond rien, par prudence. N'accordant plus aucune attention à l'occupant des lieux, les deux policiers entreprennent aussitôt, sous le regard vigilant de leur chef, un travail rapide et rigoureux, visiblement déterminé à l'avance. Ils conservent néanmoins tous les trois, dans leurs gestes et attitudes, un mélange de componction et de sévérité triste qui leur donne moins l'air d'enquêteurs que d'employés des pompes funèbres.

En fait, ce sont des photographes. Sans s'étonner de rien, sans poser de question ni prononcer une seule parole, opérant dans une sorte de routine en techniciens habiles, compétents, qui connaissent déjà la disposition des lieux et le parti que l'on peut en tirer, pressés peut-être de poursuivre ailleurs une besogne similaire, ils déploient près du lit un vaste trépied à long bras latéral, muni à son extrémité d'un gros appareil à foyer variable qui leur permet ainsi de prendre des images à la verticale, de haut en bas, des draps ensanglantés dont ils se gardent bien de déranger le moindre pli.

Quand tout est en place et fermement ajusté, ils mesurent avec un ruban gradué en toile cirée grise, identique à celui dont se servent les couturières, une surface rectangulaire d'un mètre sur deux environ, renfermant toutes les taches rouges depuis les trois flaques centrales jusqu'aux fines éclaboussures, y compris des empreintes fragmentaires laissées par les doigts d'une main, ou d'un pied. Ils mesurent enfin la distance du rectangle à l'objectif qui se trouve juste au-dessus. Après de rapides calculs effectués à l'aide d'un livret de poche, l'un des deux hommes avance alors une main précautionneuse vers l'appareil pour en faire tourner les bagues de réglage qui déterminent la focale, et donc aussi le champ couvert. L'autre, presque au même instant, appuie sur le bouton d'un déclencheur à poire relié au boîtier par un câble souple : le grésillement du moteur se fait entendre, interrompu au bout de cinq ou six secondes par un déclic à double détente. L'obturateur vient de s'ouvrir et s'est ensuite refermé avec un claquement sec.

Le tableau – un mètre sur deux environ – figure aujourd'hui dans une des nombreuses galeries de peinture qui se succèdent, à droite comme à gauche, le long des larges trottoirs de West Broadway. L'effet de relief, dans les pliures et froissements du drap est si réussi que le marchand a cru nécessaire de prévenir la dégradation progressive de l'œuvre, sous les attouchements répétés des curieux, par une pancarte explicite : « *Yes, it's painted ! Don't touch !* » Une plaque plus discrète donne le nom de l'artiste, sa date de naissance et celle de la toile, ainsi que son titre : *Défloration*.

Mon ami Boris Simon, qui enseigne depuis plusieurs années la littérature portugaise dans un collège de Manhattan, a voulu m'accompagner jusqu'ici pour me montrer ce trompe-l'œil de Quentin Ritzel, dont l'hyperréalisme attire d'ailleurs une foule de professionnels, comme de badauds, qui contemplent dans un silence malsain ce fantôme d'un crime sexuel récent ayant défrayé la chronique (une photographie du lit, certes moins parlante, car il y manquait les ombres sur le drap ainsi que les luisances du sang fraîchement répandu, a même été publiée par la revue *Detective*). La sirène d'une ambulance, descendant l'avenue à vivre allure, est tout à coup si intense, si présente, qu'on imagine voir surgir la voiture blanche à gyrophare au milieu de l'exposition. Mais personne ne bouge. Simon, décidément fasciné, veut demeurer encore un moment, bien qu'il soit déjà venu ici à plusieurs reprises. Je me dirige donc seul, par des artères latérales de moins en moins fréquentées, vers East River et le pont de Brooklyn.

Les rues sont désormais vides, ou presque, mais cela peut paraître normal dans ce quartier plutôt excentrique, à cette heure-ci de la journée. Et c'est d'un pas presque normal aussi que je m'avance entre des constructions sans caractère, assez basses, habitations médiocres, parois aveugles, clôtures métalliques, portes entrouvertes, magasins à l'air abandonné, paisible, avec seulement cette vague appréhension dont je ne parviens pas à me défaire ni à déceler la cause exacte, mais qui me semble liée aux divers éléments – si insignifiants soient-ils – du décor : leur banalité même serait soudain devenue agressive. L'origine trouble de mon peu explicable malaise résiderait dans une sorte de netteté inhabituelle des choses, autour de moi...

Non pas que la précision des lignes, des volumes, des matières, soit ici excessive, les traits trop acérés, les angles trop coupants, les infimes détails d'un mur, d'une surface crépie plus ou moins décrépite, ou le grain d'une boiserie dépeinte, apparaissant tout à coup hérissés d'aiguilles et de lames sous la lentille de quelque microscope... Non. Tout au contraire même, la netteté dont il s'agit à présent, qui fait surgir chaque fragment en une éclatante révélation (mais inutile : une épiphanie vide), cette netteté particulière qui me saisit, presque comme une menace, va de pair avec ce que j'appellerais une épaisseur, un empâtement des objets, je dirais volontiers leur balourdise, donc à l'exact opposé de ce que serait l'abstraction aiguë d'une épure. Voilà : les superficies et les volumes sont englués dans leur existence concrète, trop concrète précisément, et c'est cette pâte, cette gangue d'existence, qui les rend à la fois si ordinaires et si effrayants ; trop présents, trop pesants, trop opaques...

Une allège en briques nues, montées à plat (c'est-à-dire avec leur champ visible) selon un appareil de joints rompus, aussi communes en somme qu'il est possible, tant par leur forme que dans leur assemblage, se dresse devant moi au détour d'une ruelle, juste au-dessus d'un trottoir anonyme... Des briques pleines, parallélépipédiques, du format courant... C'est bien cela : la grossièreté hasardeuse de leur fabrication s'impose de façon abrupte comme l'évidence d'un incompréhensible drame. Les angles durcis pour l'éternité dans leur mollesse originelle d'argile, leurs arêtes approximatives, les cavités incertaines qui entament çà et là leur face apparente, les joints creux qui séparent chaque étroit rectangle de ses voisins, avec une insistance qui donnerait envie de les compter, toute cette présence contingente, sans grâce vaine, mais inéluctable jusque dans son hébétude, m'atteint en pleine figure, étrangère et violente. J'ose à peine lever les yeux, tant je redoute ce qui va suivre.

Plus haut que ce pan de brique nue dont la sépare une mince traverse, à un mètre du sol environ, s'ouvre la fenêtre d'un rez-de-chaussée, huisserie à guillotine encadrée d'un chambranle en sapin aux moulures pauvres. Derrière la croix grêle que forment les petits bois, il y a un homme debout, immobile, vêtu d'un indéfinissable costume de terrassier, ou de manœuvre. Il a ses deux mains sur le ventre, la gauche enserrant lâchement le poignet droit. L'ombre de la croix se projette sur sa poitrine. Les traits de son visage sont lourds et forts, le nez aquilin, les oreilles un peu décollées. La bouche est large, les lèvres closes tombent nettement aux commissures, comme sous l'effet de la fatigue, de l'oubli, de l'abandon. Les paupières sont baissées, les yeux tout à fait fermés peut-être. On dirait qu'il dort, alors que la position du corps comme de la tête sont celles d'un personnage qui regarderait à l'extérieur, qui attend... Le crâne semble chauve.

Je dis « semble », car il est recouvert, ainsi d'ailleurs que le front, les oreilles décollées, le nez aquilin, les lèvres tombantes, les mains croisées, les vêtements de travail, d'une fine couche de cendre blanchâtre – ou peut-être de lave – témoignant de quelque récent cataclysme : tel les morts-vivants de Pompéi, il a l'air façonné dans la même terre pétrifiée à la patine crayeuse que les briques elles-mêmes, la fenêtre, le chambranle, la maison entière et tout le reste alentour. Entre ce visage de plâtre et la rue, les vitres de la croisée font défaut.

A quelque vingt mètres de là, en face de ce regard vide (est-ce leur rencontre que l'homme absent surveille ?), il y a trois personnages arrêtés au carrefour de deux chaussées d'asphalte blême, à l'angle du trottoir : un homme et deux femmes. Ils portent tous les trois d'épais imperméables en tissu lâche et fripé, où je reconnais aussitôt la matière à la fois inconsistante et durcie dans laquelle sont bâtis ce faubourg et ses habitants. Le vêtement à large col de l'homme est sensiblement plus court que ceux de ses compagnes. Ses traits, vus de face, reproduisent à s'y méprendre ceux de l'observateur derrière sa fenêtre sans carreaux : même crâne aux cheveux absents (ou collés), mêmes oreilles à l'hélix débordant, même nez busqué, mêmes lèvres tristes, ou soupçonneuses, ou réprobatrices.

Son buste s'appuie en arrière, mains dans le dos, contre un poteau métallique de signalisation urbaine, indiquant un « sens unique » obligatoire dans deux directions différentes, perpendiculaires l'une à l'autre. Les deux femmes ont les mains fourrées dans les poches de leurs informes manteaux. Celle de droite, dont je devine le nez qui pointe en profil perdu, me laisse apercevoir un chignon bas et, sur son épaule gauche, un vague sac, une musette sans ossature et peu remplie, qui pend jusqu'à la hanche au bout d'une courroie en toile. Le côté flasque de cet accessoire est rendu plus frappant encore par la fixation définitive de ses plis momentanés sous la fine carapace de lave. Peut-être ces passants immobilisés sont-ils en train de débattre du meilleur moyen de se conformer aux injonctions contradictoires des deux panneaux fléchés qui les surplombent. Mais ils seraient alors parvenus à quelque impasse de leur raisonnement, car ils demeurent tous trois dans l'expectative, pour un temps indéfini, qui accroît encore ma propre gêne.

Celle-ci atteint son comble lorsque je découvre, venant face à moi sur le même trottoir, un groupe de six personnes appartenant sans aucune hésitation possible à cette même espèce dont je viens déjà de rencontrer quatre représentants. Une impression de vide intérieur, d'organes qui se désagrègent, me fait battre le cœur et vaciller les jambes, à l'idée soudaine qui me traverse : des êtres nous envahissent, dont l'apparence humaine n'est qu'un leurre. Ce sont surtout des individus mâles, cette fois, bien qu'il soit difficile d'en décider à coup sûr, tant les caractères communs entre les six l'emportent sur tout le reste. Mise à part la présence visible de cheveux longs qui distinguerait probablement les êtres femelles (quoiqu'il s'agisse ici d'une masse compacte, aux mèches et boucles prisonnières de cette croûte blanche qui les enrobe entièrement à l'instar de leurs congénères), ils ont tous les mêmes traits accusés, le même air endormi, le même genre d'imperméables lourds et froissés à large revers...

Il me vient à l'esprit que cette tenue, qui rappelle tant celle du trio absorbé dans l'insoluble problème des sens uniques, pourrait représenter une sorte de protection contre des radiations mortelles (pour eux, en tout cas), les vastes sacoches accrochées à leur épaule contenant alors le masque qui compléterait l'équipement. Mais ils paraissent accablés par le fardeau de ce costume, somnambules dont les chaussures, également trop pesantes, ne parviennent plus à décoller du sol. Et c'est là ce qui les rend si inquiétants sous leur aspect pacifique : bien que dans l'attitude de marcheurs, ils demeurent en fait parfaitement immobiles.

Autre chose encore, peut-être, m'épouvante : leur solitude, chacun d'eux se trouvant isolé de ses voisins par un cocon d'espace, lui aussi solidifié. J'ai parlé de groupe à leur propos, mais rien n'indique, en somme, que des relations quelconques puissent exister entre les éléments qui constituent l'ensemble. Les corps sont assez proches les uns des autres : il y a juste entre eux les distances nécessaires à l'aisance de leurs mouvements d'autrefois ; pourtant, seul le hasard paraît les avoir rassemblés ; et ils ont été retenus là, au milieu de leurs projets incertains (ou bien de leur mission vaine ?) par les rayonnements toxiques...

Je veux fuir, mais il me semble que mon manteau est devenu de plomb, et je n'arrive plus à soulever mes épaisses chaussures. C'est à peine si je réussis à entrouvrir mes lourdes paupières vers l'immeuble qui se dresse à ma droite, où j'espère trouver un refuge. La vitrine vide d'une boutique abandonnée, où l'on devait vendre il y a peu des volailles, me renvoie (et c'est un paradoxal soulagement) mon image blafarde, empâtée dans ce même costume aux plis en airain à patine de céruse, sous laquelle cependant je reconnais mon propre nez, fort, un peu busqué, mes oreilles épaisses dont la partie supérieure se détache exagérément d'un crâne presque chauve, ma large bouche aux lèvres serrées avec les coins qui retombent (méfiance ou désenchantement ?), mon air fatigué de somnambule. Voici donc que, moi aussi, j'appartiens désormais à la nouvelle espèce humaine, massive, lasse, solitaire...

Pourquoi donc cet aspect, comme celui de mes camarades d'ahan, me donne-t-il un étrange sentiment de force, inexorable et tranquille : force de l'isolement intérieur, force vive des pierres qui tombent, force de la nature ? Mes membres sont épais, raidis et gauches, mais il coule en eux une irrépressible volonté : celle de continuer, obstinément, sans savoir pourquoi. Et c'est avec cette force neuve, au-delà de l'angoisse, que j'entrevois une promesse de libération.

Car, si je suis englué dans la matière qui m'entoure, dans la glaise pâle, indécise, énigmatique, dont je me sens moi-même pétri, cela prouve bien que je suis un homme dans le monde, c'est-à-dire le monde lui-même. J'entre à présent dans ma propre évidence, dans ma propre éternité. Mon incertitude, mes faiblesses, les aléas de mon existence, les bavures mal digérées par ma mémoire, tout cela est désormais coulé dans une substance dure et têtue, qui rend pour toujours chaque chose nécessaire, jusqu'au plus infime accident, enfin à sa juste place.

Avec des gestes lents et empesés de cosmonaute fraîchement débarqué sur une planète inconnue, je poursuis mon chemin. Dans l'interstice vertical d'un battant de porte entrebâillé se découpe la silhouette d'albâtre d'une femme nue, sculpturale, dont le corps non dépourvu de défauts est beau, précisément, par ses imperfections sereines. Un peu plus loin, une autre, aussi blanche elle aussi que sa courte robe chemise, et proche apparemment de la mort, se balance, immobilisée, dans une dodine en rotin. Son chignon, son nez pointu, me rappellent quelqu'un, ou quelque chose, je ne sais plus qui ou quoi... Ce sont les souvenirs à présent qui s'en vont... Sur un banc public, un Noir est assis. Il a entrouvert, pour souffler, l'habillement de béton qui l'engonce. Depuis ses grosses chaussures haut lacées jusqu'à sa grosse chemise, ses grosses mains repliées sur elles-mêmes, sa grosse figure aux paupières closes, tout en lui est devenu aussi blanc qu'une page blanche. Ainsi l'aura laissé sa vie en s'en allant.

Et moi-même, peut-être, je suis près de la fin, plus près que je ne l'aurais cru. Cela expliquerait qu'à mon tour j'éprouve le besoin de m'asseoir, afin de reposer un moment le poids de mes jambes lasses. Le banc public où je fais halte, pour un temps que je pressens déjà immémorial, est double, adossé à un autre banc semblable, qui se trouve donc orienté dans l'autre sens. Une femme s'y est assise, à l'extrémité opposée, fatiguée sans doute elle aussi. Elle regarde le vide, droit devant elle, de ses yeux aveugles. Je me suis adossé de biais, la tête un peu tournée vers elle, et je la vois de profil. Elle me ressemble. Elle est faite du même plâtre. Elle a étendu son bras gauche sur le dossier de bois commun à nos deux bancs.

Avant que la paralysie totale ne me gagne, j'allonge péniblement mon bras gauche à sa rencontre. Mon poignet retenu au bord de la barre, ma main ouverte s'appuie imperceptiblement au creux de son coude. Sa main, ouverte elle aussi, ne se retire pas du mien. Nous n'échangeons ni mots ni regards. Mais nous partageons notre fatigue, notre existence brute, notre force d'outre-tombe, notre solitude. Non loin de là, quatre jeunes filles dansent une ronde, immobiles et blanches.

Reprenant alors avec cette force d'outre-tombe mon troisième volume d'errements autofictionnels qui de plus en plus s'enlise, je recopie les pages précédentes, à New York une fois encore, pendant le semestre universitaire de l'automne 93 (comme le temps passe quand on muse, ou quand on s'use), l'interruption ayant duré presque une année entière : au départ de Saint Louis (Missouri), la Nouvelle-Angleterre, puis des retrouvailles cinématographiques à Bratislava et Prague (un quart de siècle s'est écoulé depuis mon second tournage tchécoslovaque), ensuite l'hiver au Cambodge où j'ai transplanté, reconçu pour la forêt angkorienne et récrit sur la rive même de l'immense fleuve aux « quatre bras » (en ce point précis où le cours du Tonlé Sap s'inverse deux fois par an, pour le grand profit des flottilles de pêcheurs aux pirogues cornues, en rencontrant les eaux turbulentes du Mékong) mon hypothétique et vagabond film vietnamien, enfin les Canaries et le volcan neigeux de Ténériffe, la Finlande, une joyeuse semaine à Milan avec mon vieux camarade Antonioni (pour un autre projet tout aussi chimérique, dont j'ai rédigé à Saint Louis la « continuité dialoguée », où Michelangelo jouerait comme acteur vedette le rôle d'un officier de cavalerie blessé dans un combat, fantasmatique autant sans doute que celui où s'illustra Don Pedro II aux frontières du Paraguay), et l'Amérique donc à nouveau, après de durs travaux artistiques en maçonnerie, au Mesnil, mettant en jeu plusieurs tonnes de pierres et de mortier pour aménager des écoulements plus jolis, plus solides, plus adéquats, entre les différents plans d'eau. Beaucoup de gens, sans doute, voyagent aujourd'hui davantage. Ressentent-ils pareillement cette impression effrayante et allègre de s'être perdus en route ?

Ce qui me frappe à présent, dans ma traversée de la ville blanche sur laquelle j'avais interrompu mon récit, où les impressionnantes et bien reconnaissables sculptures plâtreuses de George Segal se trouvent appréhendées dans une problématique triplement sartrienne (révélation de la contingence, engluement existentiel, solidarité entre les hommes), ce qui me frappe, c'est une fois de plus l'insistante atmosphère d'un monde en ruine – Pompéi, Corinthe ou New York – que je retrouve partout sous mes pas. Des palmeraies millénaires de Bassora, après quelques mois de bombardements et d'incendies, aux temples khmers assaillis par le temps, les pluies torrentielles, les fromagers géants aux racines tentaculaires, les archéologues maladroits, les soldats rouges de Pol Pot, les antiquaires et bientôt le tourisme de masse... Depuis les quartiers détruits du Lower East Side ou du South Bronx jusqu'aux palais Renaissance du vieux Palerme, dont deux ou trois s'écroulent chaque nuit... Depuis la cité monumentale de Leptis Magna, en Tripolitaine, qu'envahit de nouveau le sable du désert, jusqu'à l'effarant saucissonage de toute information, émission dramatique, film, reportage, etc., sur l'écran de ma télévision *made in US,* sans compter ses surabondants vidéoclips déjà démodés, qu'aggrave encore l'usage immodéré du « zapping » entre les soixante-dix chaînes du câble... Depuis tant de lieux et d'aléas traversés (voués aux confusions progressives, à l'oubli, au désastre) jusqu'à l'âge qui me gagne sans recours, je sens devoir remettre en cause une phrase de Nietzsche demeurée dans ma mémoire : « Ce que l'on peut aimer en l'homme, c'est qu'il est un passage et un déclin. » (Il n'a pas dit, évidemment, un zappage et une déliquescence !)

Ce que je peux aimer, en tout cas, dans l'œuvre du Sartre en question ici, dans sa pensée, c'est que, tout autant que la mienne bien que de façon fort différente, elle aura été toujours déjà en ruine, comme par vocation. J'ai souvent reconnu l'importance qu'avait eue pour moi la fréquentation d'un tel ensemble mouvant, insaisissable, même si c'était pour marquer ma distance ou signaler mes déceptions : par exemple, lorsque la tentative d'une phénoménologie romanesque des perceptions du monde (dans *la Nausée*) laisse la place – en presque absolu contre-pied – à une immense fresque socio-psychologique « engagée » (c'est-à-dire bien-pensante de gauche) qui rappelait à la fois le simultanéisme de Dos Passos et l'unanimisme de Jules Romains, ces prétendus *Chemins de la liberté* que l'auteur laissait soudain choir en cours de route pour cause de désintérêt, d'ennui, son esprit sans cesse en mouvement navigant depuis belle lurette ailleurs.

Car je porte, pour ma part, au crédit d'une agile fièvre vitale ces brutaux changements de cap, ces apories créatrices débouchant aussitôt sur un autre projet, ce militantisme à retournements, ces inéluctables fissures, ces vastes entreprises philosophiques qui se voulaient intégrales et définitives, mais dont l'emballement (la logorrhée ?) finissait chaque fois par caler avant terme, laissant à sa mort tout un continent splendide, effondré.

Nos amis du Nouveau Roman ne l'aimaient guère, plusieurs d'entre eux affichant même à son égard un absolu rejet. Et, certes, sa célèbre opposition entre prose et poésie ne pouvait que nous laisser pantois. Il avait d'ailleurs décidé, vers la fin des années 50, que, dans notre groupe, le seul qui aurait une chance de devenir un véritable écrivain était Butor, parce que lui, en tout cas, avait une vision de la « totalité » (la totalité, juste Ciel ! le grand phantasme du dernier rêveur de systèmes). Quant à moi, j'éprouvais de la sympathie, sinon pour l'écriture de Sartre (toujours hâtive et brouillonne entre les formules à l'emporte-pièce, sans fermeté prosodique, aussi peu musicale que possible, hésitant entre une rudesse rocailleuse et la rhétorique enseignée par l'antique Sorbonne), du moins pour ce perpétuel bouillonnement spéculatif qui le faisait traiter d'*agité du bocal* par les bien-pensants de droite, mais au sein duquel j'estime avoir puisé beaucoup d'incitations, ainsi que pour sa constante générosité, intellectuelle et humaine... (« humain », le mot que je cherchais, comme écrit Pinget je ne sais plus où).

Mes relations personnelles avec l'illustre personnage ont été modestes et très épisodiques. Deux rencontres méritent cependant d'être rapportées : d'abord une tentative de rapprochement, avortée, à l'époque de *l'Année dernière à Marienbad,* et, peu de temps plus tard, à Leningrad, une sorte de reconnaissance publique. J'ai déjà raconté que *Marienbad,* après son achèvement, était demeuré de longs mois sous le coup d'un double interdit : l'un venant de l'argent, l'autre du pouvoir politique en place. D'une part, en effet, le circuit commercial avait aussitôt condamné le film aux oubliettes, clamant avec force qu'il ne sortirait jamais en salle, qu'on ne se moquait pas des gens à ce point-là, que le mauvais Robbe-Grillet avait décidément perverti le bon Resnais, etc.

Nous ne pouvions d'autre part, ni l'un ni l'autre, espérer le moindre appui des instances officielles françaises (dans les festivals internationaux ou à la télévision) qui ignoraient désormais notre existence, tandis que le ministre de l'Intérieur nous poursuivait au contraire de multiples tracas, parce que nous avions signé tous les deux le fameux manifeste dit des 121 (moi-même parmi les tout premiers, d'ailleurs un peu par hasard). Jean-Paul Sartre n'était sans doute pas l'auteur de ce texte très mesuré qui préconisait avec calme l'insoumission en Algérie et dont l'écriture revenait, je crois, bien davantage à Maurice Blanchot, mais notre Grand Agitateur en assumait avec force la diffusion ainsi que le scandale. Et il se prenait d'une soudaine passion littéraire et artistique pour les signataires, puisque nous nous trouvions en fin de compte crédités d'une conscience politique, qui faisait à ses yeux gravement défaut dans nos œuvres antérieures, en particulier dans mes romans.

Il a donc demandé aussitôt à voir *l'Année dernière* dont les projections, techniquement parfaites mais ultra-privées (un seul invité à chaque fois) avaient lieu dans la grande salle vide des laboratoires LTC à Saint-Cloud. Après André Breton (qui a violemment détesté le film, où perçait une lèse-majesté concernant son propre domaine) et Antonioni (peu expansif, comme on sait, mais intensément fraternel, qui projetait déjà de travailler de même avec moi et m'avait en outre proposé Monica Vitti pour le rôle féminin de *l'Immortelle*... à condition de déplacer le récit de la Turquie vers la Sicile), la troisième séance a été pour Sartre et Simone de Beauvoir. Michelangelo était auparavant venu avec « la Vitti », et Breton entouré plus largement de toute une « rumeur isotherme » (comparable à celle que nous verrions plus tard graviter autour de Duras dans ses moindres déplacements).

Je demeurais moi-même quelques rangs en arrière. Resnais, plus vulnérable sans doute puisqu'il s'agissait de ses propres images intimes, et retranché par principe derrière une modestie démonstrative, n'assistait pas à ces cérémonies. Quand les lumières se rallument dans la salle, Sartre me déclare sans ambage, avec son inimitable « élan vers l'autre », qu'il a pu quelquefois faire des réserves sur mes travaux, mais qu'il se sent aujourd'hui entièrement convaincu et solidaire : nous pouvons désormais compter sur son soutien sans faille. Je lui exprime pour ma part le sincère plaisir que j'en éprouve, quel que puisse être mon étonnement. La duchesse de Beauvoir un peu en retrait demeurait muette et conservait, sur son visage sévère aux lèvres pincées, l'air réprobateur d'une institutrice protestante siégeant dans un tribunal d'Inquisition.

Malgré cet ostensible désaveu de son mauvais génie, nous espérions donc, puisque Sartre a la plume facile, quelques dizaines de pages magistrales dans *les Temps modernes,* ou ailleurs. Mais les mois passent et rien ne vient. Ils passent si bien que le festival de Venise a lieu et que, là aussi pour des raisons extérieures à l'art et dans le but principal de narguer la République française qui venait d'interdire *Tu ne tueras point,* film sur la guerre d'Algérie produit par les Italiens, c'est *Marienbad* qui représente notre pays. Gaston Palewsky, ambassadeur de France, se voit contraint de présider la soirée officielle, encadré par deux « 121 » innommables (interdiction était faite de seulement citer nos noms sur les ondes nationales).

*Marseillaise* pompeuse. Projection sur écran immense, où les travellings en cinémascope de Resnais affirmaient leur prestige, devant un public déconcerté qui oscillait entre le recueillement et la déroute... Rideau. Applaudissements des fanatiques. Lumières. Présentation des auteurs. Mouvements divers. Ruée des journalistes et photographes. Palewsky essaie de se défiler pour éviter le pire. Mais Jeanne Moreau vient à la rescousse et l'oblige gentiment à figurer, la mort dans l'âme, sur quelques clichés compromettants. Enfin, après une semaine de furieuses batailles au sein du jury, Lion d'or ! *Marienbad* a changé en quelques jours de statut. De film maudit, il est devenu objet de mode : télégrammes repentants des distributeurs (ils avaient dit auparavant préférer perdre tout l'argent avancé pour le tournage, plutôt que de se ridiculiser aux yeux de la profession en montrant ces bobines à des directeurs de salles), sortie immédiate à Paris, grands articles dans toute la presse y compris la moins progressiste, *Figaro, Madame Express, Paris-Match,* et de pleines doubles feuilles – pour ou contre – dans *le Monde*...

C'était trop ! Paraît alors, enfin, l'étude tant attendue des *Temps modernes,* sous la signature d'un exécuteur des basses œuvres de la duchesse, qui était, si j'ai bonne mémoire, Jacques-Laurent Bost. Vingt-cinq pages comme nous l'escomptions, mais entièrement négatives de la première à la dernière ligne et se terminant en apothéose par une ânerie du genre : « A l'heure où l'on jette les Algériens à la Seine, j'ai honte d'avoir consacré tant de place à une œuvre qui met totalement entre parenthèses... etc. »

Par hasard, déjeunant dans un bistrot peu de jours après avoir lu cette diatribe avec Samy Halfon, le producteur de *l'Immortelle* (dont le projet reprenait corps : Menderes et Zoglu ayant été pendus, la situation redevenait calme en Turquie), j'aperçois Sartre attablé non loin de nous avec deux jeunes gens. Je me lève aussitôt pour aller, avec un bon sourire, demander au maître des explications, puisque pas un plan de *Marienbad,* pas un seul mot, n'a été changé depuis qu'il m'avait manifesté son enthousiasme et son soutien sans réserve.

Sartre se réfugie derrière la liberté des rédacteurs, le respect dû à son critique de cinéma, le non-monolithisme de la revue, et autres piteuses défaites. Lui-même, cela va de soi, ne partage pas du tout ce jugement et il regrette que celui-ci puisse, à nos yeux, porter son label... Label, la belle, la belle jambe que ça nous fait ! Mais il paraît si mal à l'aise (ce qui est rare) que j'ai envie de lui apporter quelque consolation : la chose au fond n'est pas si grave, car nous n'avions plus besoin de ses louanges. Et ce ne sera certes pas l'unique occasion où l'homme aura laissé voir ce curieux mélange de courage intellectuel et d'une navrante faiblesse de caractère devant la pression exercée par ses familiers.

Tout à son combat politique, Sartre en fait se moquait pas mal de nos recherches narratives sur le travail édificateur de la psyché. Et j'étais, à l'inverse, plus hostile que jamais à l'idée de faire passer dans nos œuvres un reflet de notre engagement comme citoyens. Resnais m'avait demandé, pendant nos conversations préliminaires après lecture de mon synopsis, si les dialogues fragmentaires surpris à travers l'hôtel ne pourraient pas porter sur la situation algérienne. Ma réponse ne laissait de place à aucun compromis : j'aurais trouvé cela moralement inadmissible. (Sur un sujet qui concernait moins directement mes convictions, je me rappelle avoir auparavant envisagé avec sérieux pour le premier projet de *l'Immortelle* – celui d'avant la révolution dont les troubles allaient mettre en suspens mes préparatifs stambouliotes – de satisfaire une demande du gouvernement turc : intégrer au montage un plan de foule acclamant Menderes ! Je ne suis pas sûr que la structure retenue, rues désertes alternant avec des marées humaines noyant le héros, auraient beaucoup servi – ni desservi – le régime chancelant.)

Avec malice, j'ai ensuite vendu la dérisoire greffe militante au brave communiste Georges Sadoul, qui n'aimait pas du tout *Marienbad* : il l'avait sans doute mal vu, les persécutions policières nous ayant contraints à cacher notre message derrière une métaphore intemporelle, où chacun pouvait sans peine reconnaître la mise en scène des contradictions au sein de notre classe dirigeante ! Sadoul est demeuré perplexe, mais la graine a germé derrière ses œillères. Ainsi peut-on lire dans son *Dictionnaire du cinéma* : « En dépit d'un scénario particulièrement absurde d'Alain Robbe-Grillet, Resnais réussit là une belle peinture des milieux politiques français pendant la guerre d'Algérie. » (Comme à mon habitude, je cite de mémoire.) Le bon Resnais étant donc sauf, nous pouvons revenir à Jean-Paul Sartre.

Quelques années plus tard, à Leningrad, il conduisait une délégation d'écrivains français (en régime communiste, les sous-ensembles flous avaient toujours besoin d'être « conduits ») qui comprenait en particulier Beauvoir, Sarraute et moi-même, pour un vaste colloque internationaliste reçu en grande pompe par l'Union des écrivains de Russie soviétique. Cela se passait après le XX$^{e}$ congrès du parti et la dénonciation publique du « culte de la personnalité », pudique syntagme figé qui désignait en langue de bois les crimes de Staline. Nous avions donc cru, vaguement, au dégel.

Il nous a vite fallu déchanter. Les romanciers au pouvoir, Fédine par exemple, étaient toujours les mêmes vieilles crapules et nous venions là pour entendre corriger nos erreurs, car nous appartenions tous sans recours aux survivances d'une classe en décomposition. Ilya Ehrenbourg n'était pas redevenu l'auteur des *Aventures de Julio Jurenito,* mais demeurait au contraire celui de l'immortelle sentence : « L'angoisse est un vice bourgeois. Nous, nous reconstruisons ! » Et il m'expliquait sans rire que *le Voyeur* était certes un livre fort intéressant, mais qu'il apparaissait impossible de le traduire en URSS : la perversion sexuelle n'étant qu'un des sous-produits de l'aliénation en régime capitaliste, personne ici ne comprendrait de quoi il s'agissait.

Aussi les séances de travail avaient-elles lieu devant un public filtré avec soin, et la traduction en russe de nos propos – dont pouvait juger Sarraute dans les écouteurs – ne présentait le plus souvent qu'un rapport assez lointain à l'original. Bernard Pingaud, devenu secrétaire de rédaction des *Temps modernes,* a prononcé du haut de la tribune le discours précisant la position française : Sartre s'était fourvoyé après la Libération en voulant créer une sorte de sociologie romanesque existentialiste, il y avait donc bientôt renoncé, et le véritable roman existentiel, dont il posait jadis une des premières pierres, se trouvait aujourd'hui incarné par le Nouveau Roman. Dans la salle, notre chef de délégation approuvait avec une ostentation paternelle. A côté de lui, la duchesse restait de pierre, conservant sur son visage sévère aux lèvres pincées, etc. (voir plus haut).

Dans son ardent désir de faire plaisir aussi à nos hôtes, Sartre se montrait d'ailleurs capable dès le lendemain, dans une longue et brillante improvisation en ouverture d'un somptueux casse-croûte mondain, caviar, vodka, esturgeon fumé, de démontrer que le Nouveau Roman et le réalisme socialiste revenaient pratiquement à la même chose... Du moins, si j'ai bien suivi les détours de sa dialectique. Et l'on songeait alors à la phrase de Boris Vian : « Comment ne pas admirer un tel homme, capable de dire n'importe quoi sur n'importe quel sujet ? » J'appréciais en tout cas la prouesse, aussi émerveillé que devant un danseur de corde défiant les lois de l'équilibre. Nous en reparlerons bientôt.

Comme à chaque fois que je me laisse aller à « raconter », au cours de ma vacillante aventure polymorphe, dans le louable souci de me rapprocher (à l'occasion) du sérieux autobiographique, j'éprouve au bout de quelques pages mainte sensation désagréable et confuse, me conduisant vite au rejet. C'est d'abord l'espèce de nausée que provoque tout bavardage public. Mais il y a aussi une réflexion à demi consciente et moins épidermique, plus taraudante, ayant trait au statut des souvenirs rapportés.

Que ces menus événements soient ou non dénués de la moindre importance ne constitue pas le problème essentiel. Après tout, notre vie en est faite. Mais notre vie, comme son nom l'indique, était vivante, c'est-à-dire – répétons-le – incertaine, mouvante, contradictoire, sitôt surgie que déjà perdue. Tandis que tout récit, même tremblant, même morcelé par des crevasses ou menacé par des fondrières, en donnera une image relativement ferme et qui va sembler, en un sens, définitive. Le choix précis des mots, l'ordonnance des phrases, le rationalisme des enchaînements syntaxiques, la publication imprimée, tout va concourir à ce *scripta manent,* si nuisible en principe à mon aspiration (est-ce bien sûr ?), si contraire du moins au projet reconnu.

J'aurais beau, d'ailleurs, tenter de reproduire l'instant qui passe, au moyen de microscopes et de déconstructions (construire en désorganisant, cet aujourd'hui célèbre *ab-bau* de Heidegger), il subsistera toujours un seuil de transformation minimum dont je ne pourrai jamais m'affranchir : quelque chose de comparable à ce que la physique des particules définit comme un « quantum d'action », l'intervention incompressible de l'observateur sur le phénomène observé (qui correspond à l'énergie émise ou absorbée quand un électron change d'orbite, rappelant fort l'ancien *clinamen* d'Epicure). Une fois encore, le fantasme d'un discours véridique, objectif ou subjectif, bute sur l'impossibilité de la représentation.

Aussi je vais me voir entraîné bientôt, pris au piège de mes scrupules, dans une escroquerie proche de celle où le bât blesse la psychanalyse freudienne : le rêve initial, irracontable, raconté malgré tout par le rêveur, mais oralement, sous forme de bribes, hésitations, divergences, rajouts et reprises, récrit ensuite en bon ordre par notre précieux docteur... qui ne travaillera plus désormais que sur son propre texte, au risque de ne ramener au grand jour que ses propres troubles psychiques, dans une épuisette réglementaire où tous les fragiles, les impalpables éléments du vrai rêve de l'autre seront passés à travers les mailles.

La plupart du temps, je renonce donc à prendre les précautions élémentaires, vaines en fin de compte. Et je raconte, comme si la chose allait de soi. Or je sais à quel point l'imaginaire peut « arranger » le passé vécu, ne serait-ce que pour lui donner une forme, a fortiori lorsqu'il s'agit d'un passé aussi lointain. Il m'est en outre arrivé à plusieurs reprises, au cours des années, d'évoquer ces mêmes épisodes dans des conversations amicales, intervious ou causeries. La parole courante – chacun en fait une quotidienne expérience – est moins exigeante que l'écrit concernant nos épineuses questions d'exactitude. Mais si une impression passagère, ressentie en telle ou telle circonstance, s'est ainsi vue déformée – informée, en tout cas – pour les besoins du discours, je vais conserver ensuite un second souvenir : celui du discours lui-même, qui, moins volatil par vocation que le fragment vécu dont l'horizon s'éloigne, va peu à peu le remplacer dans mon esprit, presque à mon insu.

Bien entendu, il existe des traces matérielles répertoriées en archives. L'article du petit Bost, le livre de Sadoul, les minutes du colloque russe ont bel et bien été publiés. Je pouvais sans trop de peine consulter ces documents pour en faire au moins des citations conformes, ce qui aurait concouru – j'imagine – à authentifier le reste. (Ou bien l'aurait au contraire disqualifié ?) Je n'ai même pas éprouvé le besoin de m'abriter derrière de telles garanties. Pourquoi ? Parce que, de façon paradoxale, j'ai décidé de m'en remettre à ma mémoire, alors que, dès le premier volume de mon autoportrait, je l'ai dénoncée comme travailleuse et mensongère. Et il m'importe peu, en définitive, que Sartre s'il n'était pas mort, ou Bernard Pingaud, ou Claude Simon quelques pages auparavant, aient pu composer de ces mêmes anecdotes des versions fort différentes. Je tiens néanmoins à rassurer les survivants : la mienne présente n'est pas davantage en béton, Dieu me garde !

Hélas, il y a plus grave encore. Je découvre ici progressivement que je ruine ce que je rapporte. Le paragraphe qui précède ne traduit en somme qu'un aspect mineur de ce sentiment qui, jour après jour, grandit en moi. Notre passé serait trop friable, par nature. Si l'on veut se retourner sur lui, on achève de le réduire en poussière.

Du reste, je m'en doutais depuis le départ, c'est-à-dire dès les premières phrases de mes *Souvenirs du Triangle d'or,* puisque je fais moi-même dater de ce moment-là (il y a plus de quinze ans) le début de mon entreprise auto-hétéro-biographique, qui commencerait seulement pour Michel Rybalka – conservateur patenté de mes petits travaux comme de ceux de Sartre – avec le livre suivant, *Djinn.* Voici donc l'incipit annonciateur :

« Impression, déjà, que les choses se rétrécissent. Ne pas trop se poser de questions. Ne pas se retourner. Ne pas s'arrêter. Ne pas forcer l'allure. Sans raison visible, sans raison. » L'idée en est encore reprise avec insistance deux cents pages plus loin, peu avant la coda faussement récapitulative qui termine le volume : « ... à chaque changement de direction, le passage se rétrécit un peu plus. Il faut continuer, néanmoins. Ne pas se poser de question, ne pas s'arrêter, ne pas regarder en arrière... »

Je ne me souviens pas d'avoir pensé, en écrivant cette mise en garde, à l'épisode souvent cité du danseur de corde (auquel j'ai à deux reprises fait allusion plus haut) dans le seul livre de Nietzsche que j'aie lu durant ma jeunesse. Zarathoustra vient de parvenir à une cité où l'on attend l'arrivée imminente d'un funambule. Il parle aussitôt à la foule rassemblée : « L'homme est une corde tendue sur un abîme. Il est dangereux de passer de l'autre côté, dangereux de rester en route, dangereux de regarder en arrière. » Et, à peine une ligne plus loin : « Ce qu'il y a de grand dans l'homme, c'est qu'il est un pont et non un but : ce que l'on peut aimer en l'homme, c'est qu'il est un passage et un déclin. J'aime ceux qui ne savent vivre autrement que pour disparaître, car ils passent au-delà. »

L'assimilation volontaire entre la corde et le danseur, on la retrouve, conjointement encore à la catastrophe menaçant celui qui voudrait regarder en arrière, dans le très court récit de Kafka intitulé « le Pont », où plusieurs termes identiques résonnent en écho à nos oreilles : « J'étais raide et froid, j'étais un pont, j'enjambais un abîme (...), il me fallait attendre. Une fois bâti, aucun pont ne peut cesser d'être un pont, à moins de s'écrouler. » Cet homme-passerelle, dont l'emplacement n'est « même pas consigné sur les cartes », entend néanmoins les pas d'un promeneur qui s'approche à travers la montagne. Il ressent bientôt la canne à bout ferré dans ses reins... « Et je me retournais pour le voir. Pont qui se renverse (...), déjà je tombais, je tombais. » La relation s'est déroulée de telle manière que le pont et le passant ne semblent faire qu'un solitaire et unique personnage dédoublé, qui se retourne sur lui-même pour dévisager son propre moi, c'est-à-dire sa propre mort.

Me voilà donc prévenu : si je me détourne vers l'arrière, ne serait-ce qu'un seul instant, pour contempler le monde passé d'où je viens et la situation qu'y était la mienne, celle-ci comme celui-là seront du même coup réduits en cendres, en fumée. Alors que j'avais l'impression d'avoir marché sur un terrain solide, je verrai soudain la route parcourue, jusqu'à l'horizon, se dissoudre entre des ruines et je sentirai le sol à présent qui se dérobe sous mes pieds frappés de paralysie. L'interdit est clair, mais il fait en même temps partie de la contradiction inhérente à nos existences réflexives : je ne puis pas m'abstenir de me retourner, car je dois ruiner derrière moi toute chose et je ne peux vivre autrement que pour disparaître à mon tour.

Je suis le dernier écrivain, mais qui sera un écrivain absent. Une fois de plus je m'avance et la neige qui tombe sur mon chemin, ou la mer qui monte et envahit à nouveau le sable blond, effacera au fur et à mesure la trace de mes pas. De cette conviction sourd une sorte d'angoisse diffuse, mais d'elle aussi provient mon allégresse, ma force, ma violence. Et aussi bien (pourquoi pas ?) la possible tranquillité, la vacance des jours heureux : dans le vin, l'oubli. L'oubli de l'oubli de l'être.

L'étiquette est sobre, imprimée en caractères classiques, noirs le plus souvent, rouges cependant pour certaines indications secondaires mais importantes, ainsi discrètement mises en valeur, se détachant sur un fond blanc rectangulaire qu'encadre un fin filet d'or. Sous la mention « Grand cru de Bordeaux », formant un arc de cercle juste au-dessus du millésime, le nom du Château – qui me fait sourire  figure en capitales romaines, hautes de sept ou huit millimètres, immédiatement suivi (et comme souligné) par six mots composés dans un corps beaucoup plus modeste : l'appellation d'origine contrôlée. Au-dessous encore, un dessin gravé d'une finesse inhabituelle représente le domaine.

Au premier plan s'étend le vignoble, ou du moins une part importante de celui-ci, alignements de ceps relativement anciens – sans doute une trentaine d'années, sinon davantage – qui barrent de raies obliques, à peine incurvées, tout le tiers inférieur de la vignette. Sous un effet convenu de perspective, les rangs se resserrent à mesure qu'ils s'éloignent, vers un point de fuite virtuel situé sur la gauche, aux deux tiers environ de la hauteur totale de l'image. Mais un rideau d'arbres, avant cela, les interrompt. L'ensemble donne une impression d'ordonnance, de soin, d'ancestrale tradition, de sérénité.

Pour autant que j'en puisse juger, à cette distance, chaque pied noueux en forme d'i grec porte deux longs bois de l'année précédente – avec six ou sept yeux chacun, environ – et, plus près de la fourche, deux coursonnes taillées à deux yeux. Le printemps est avancé déjà : tous les yeux ont donné naissance aux jeunes rameaux, où néanmoins l'on ne distingue pas encore les grappes florales. Sur la droite et plus au fond, une seconde parcelle, dont les lignes sont sensiblement perpendiculaires à celles de la première, est de replantation si récente que l'on peut sans mal y compter les pieds, malgré l'éloignement. Mais c'est le centre de la gravure qui retient surtout l'attention, occupé par le château lui-même.

La façade en est sobre, équilibrée, massive en dépit de son élégance : un fronton triangulaire reposant sur quatre colonnes en avancée, de style Louis XIV, séparant deux ailes symétriques dépourvues de toute ornementation. D'après les fausses fenêtres situées au droit des cheminées, et correspondant donc à d'épais murs de refend entre les pièces principales, la construction doit vraiment dater du XVII$^{e}$ siècle. En avant de la colonnade, un large perron auquel on accède par deux escaliers droits latéraux, de part et d'autre d'une niche arrondie abritant autrefois quelque fontaine, est entouré d'une balustrade en pierre : un lourd garde-corps à hauteur d'appui, reposant sur des pilastres galbés. L'ensemble de ce dispositif, comme les colonnes, le fronton orné d'un bas-relief (qui représente un Neptune à demi couché, tenant avec nonchalance son trident au-dessus de naïades alanguies dans la douceur des vaguelettes) et tout le reste du bâtiment, impose un sentiment de solidité paisible, et même d'éternité. Arrêtées devant le perron, masquant en partie les premières marches du double escalier d'honneur taché de lichens, deux calèches anciennes paraissent attendre depuis toujours leurs passagers, rangées l'une derrière l'autre, attelées chacune de deux chevaux à la robe sombre. Il n'y a pas de soleil, probablement, car ces équipages ne projettent pas d'ombres à leur pied.

A droite du perron, la première fenêtre du rez-de-chaussée se trouve grande ouverte sur une salle à manger aux meubles d'époque, dont le détail est discernable avec une netteté parfaite, grâce à la clarté vive qu'y diffuse de part en part une disposition dite « à jour passant ». Une douzaine de convives, hommes et femmes alternés, sont assis autour d'une vaste table ronde, recouverte d'une nappe blanche damassée, brillamment dressée pour ce qui doit être le déjeuner de midi. Tous sont vêtus de costumes sobres, dont la variété n'empêche pas de reconnaître leur appartenance commune au XX^e^ siècle finissant, à l'exception toutefois de la jeune femme qui fait face à l'embrasure béante, ouverte devant elle sur le vignoble, les collines boisées, le printemps incertain. Elle est immobile, ses grands yeux vert amande – absents, ou comme un peu tristes – sont levés vers le ciel gris. Pour quelque inexplicable raison, elle porte une lourde robe en velours dont nul ne peut ignorer le caractère médiéval, répandant en drapés majestueux la même teinte adoucie que l'iris autour de ses prunelles, et une coiffure fragile, compliquée de dentelles, épingles à cabochon, tresses d'or pâle, comme on voyait aux belles dames qui contemplaient du haut des tourelles d'alors cette bataille de Castillon dont le succès, aussi sanglant que glorieux, bouta hors de

Guyenne les Anglais de lord Talbot et mit fin à la guerre de Cent Ans, tandis qu'au loin, là-bas, les Turcs s'emparaient de Constantinople.

En cette visiteuse anachronique (par rapport à l'édifice comme à son mobilier, et plus encore à ses compagnons de festin) ainsi qu'autour d'elle, un œil averti saurait pourtant sans trop de mal identifier plusieurs écrivains ou dessinateurs parisiens dont les visages paraissent de temps à autre dans les gazettes ou sur l'écran de la télévision. Mais ce ne doit pas être un débat littéraire qui les réunit en ces lieux, car l'attention de presque tous semble concentrée sur la couleur rubis sombre, aux reflets fauves et mordorés, du vin que vient de leur servir un maître d'hôtel en habit, qui se tient à présent un peu en retrait, une bouteille bordelaise à demi vide légèrement inclinée dans sa main droite, qui retient en même temps la serviette blanche enserrant le goulot, comme de nouveau prêt à verser le précieux liquide, l'œil fixé sur les convives silencieux dont certains ont saisi entre deux doigts le pied taillé de leur verre en cristal, afin de faire miroiter la robe purpurine sous différentes lumières.

Dos à la fenêtre ouverte, un homme à l'abondante chevelure grisonnante et bouclée, qui – d'après sa position, à la fois discrète et privilégiée – devrait être le narrateur (ce qui étonne, étant donné la complexion frileuse de celui-ci), contemple une bouteille identique, débouchée mais encore pleine, posée devant lui, en attente. Ce personnage à la barbe joviale sourit lorsqu'il déchiffre le nom du cru, inscrit en grandes capitales romaines au-dessus d'une gravure minutieuse représentant le domaine, clair et ordonné autour de son austère demeure Louis XIV : « Château Lavue-Roussel », suivi de l'appellation d'origine, imprimée en rouge dans un corps plus modeste. Au bas de l'image, figure la mention : « A.R. Grillet, propriétaire ». Pour faire partager mon double amusement à un connaisseur, je tourne cette face du lourd cylindre vert du côté d'un compagnon de voyage, P.R., éminent dix-huitiémiste spécialisé dans les mises en abîme (avec ou sans pont renversé), qui se trouve assis presque à l'opposé de la table, sur ma droite. Dans ce geste, j'aperçois maintenant, au dos de la bouteille, un second rectangle blanc, plus petit, orné d'un dessin noir : une carte schématique des côtes de Bordeaux, échelonnées sur les rives droites – orientées vers le midi – de la Garonne, de la Dordogne et de la Gironde.

Nous buvons, mais à faibles gorgées longuement tenues en bouche, avec componction et dignité, gagnés par la noblesse du décor et son étiquette sobre. La bouteille à nouveau retournée vers moi, je pénètre une fois de plus, avec lenteur, l'étrange lenteur due à l'éloignement, dans l'éclatant soleil, le bruissement des insectes, le vertige léger des trop riches arômes, sur la bande de terre fraîchement labourée entre deux alignements de ceps déjà anciens, d'où jaillissent les multiples pousses vert tendre qui porteront bientôt la prochaine récolte, vers le double escalier taché de lichens jaunes, le large perron à balustres massifs et les quatre colonnes de pierre blanche immémoriales, qui marquent l'accès du temple avec ses innombrables chambres aux ivresses, aux plaisirs secrets et aux convoitises.

Beaucoup plus jeune à présent, elle rêvasse. Elle s'ennuie doucement. Assise au creux du canapé vert d'eau, elle a l'impression que la rêverie sans objet creuse en sa tête un vide, qui aspire son corps engourdi. Elle regarde, devant soi, le flacon d'essence précieuse posé sur la table de verre. Par un effet troublant de la lumière, en cette fin d'après-midi, l'image réfléchie du flacon dans le verre de la table – c'est-à-dire le même flacon, mais retourné, la tête en bas – paraît plus nette et plus brillante que l'objet lui-même ; on dirait que celui-ci a perdu de sa réalité, de sa présence, au profit de son reflet derrière la surface horizontale polie, glace transformée en nappe liquide.

Une idée enfantine la traverse : elle va déboucher l'image du flacon ! Comme celle-ci est renversée, col vers le bas, sitôt qu'elle ôtera le bouchon noir (qui, par sa forme en fleur de narcisse stylisée, pourrait être lui-même un reflet inversé du cristal, mais en négatif photographique), le parfum des Enfers va se répandre et envahir d'un coup l'image du salon vert.

Elle étend le bras et voit s'avancer dans l'eau l'image de sa main, fine, nerveuse, indolente, qui semble hésiter au bord du gouffre. Bientôt les doigts effilés, mus par une tentation trop grande, ont dévissé d'eux-mêmes le capuchon de laque noire... Un murmure de ruisseau frappe soudain son oreille. Elle dresse la tête, inquiète. A-t-elle laissé couler l'eau dans la baignoire, après son bain ? Le mur du salon, devant elle, est en train de se brouiller. Quelque chose y bouge, comme sous l'effet d'une brise chaude. Elle se lève sans hâte, pour aller toucher cette paroi suspecte.

A la place du papier peint, qui représente des bambous

maniérés d'Extrême-Orient, ses mains rencontrent à présent les vraies tiges rigides et souples des hautes plantes, qu'elle écarte sans trop de mal. De l'autre côté, à l'affût au bord du marigot, il y a un chasseur immobile. Son visage a la couleur du bronze, son regard bleu est tendu vers la proie qui doit venir boire au coucher du soleil. Il a déjà l'index sur la détente du lourd fusil dont le canon est encore baissé.

Mais, à la place de la panthère qu'il guettait, il voit maintenant une toute jeune femme en déshabillé pâle, qui a l'air de sortir d'un rêve, ou d'une improbable et luxueuse salle de bains. Apparue entre les tiges des bambous, elle le regarde tranquillement. Ses yeux ont la couleur de l'eau. Le tissu léger de sa tremblante parure d'alcôve, parmi les longues feuilles bruissantes qui palpitent au vent du soir, prend en reflet leur même teinte vert tendre. Et l'on craindrait presque de la voir, illusion, redevenir une liane de la forêt.

En même temps, l'homme prend conscience d'un parfum capricieux qui l'enveloppe, frais, nouveau, vert aussi, à la fois insistant et fugace, comme celui d'une fleur inconnue éclose tout à coup à l'orée du sous-bois. Le canon du fusil, qui d'instinct s'était à demi dressé, lentement retombe. Le visage de bronze s'adoucit dans une amorce de sourire.

L'homme cligne des yeux, le regard perdu vers les profondeurs glauques de la glace, devant lui, au-dessus de la tablette en marbre pâle de la salle de bains. Sur la tablette il y a le flacon d'essence précieuse, qu'elle a laissé comme signe à la fois matériel et immatériel de sa présence, récente et prochaine, en le quittant comme elle fait d'une manière imprévisible, de temps à autre, pour retourner dans son île, mystérieuse et verte, parmi les corolles carnivores, les oiseaux cruels et les capiteuses panthères.

Ainsi en serait-il au royaume d'Eden... Etait-ce une des Fidji ? A moins que ça ne soit Praslin, dans les Seychelles, où pousse l'immodeste cocotier du Paradis, qui n'appartient pas d'ailleurs au genre *cocos* mais dont la volumineuse noix au galbe de croupe dodue, avec ses hanches bien marquées, offre d'un côté deux lobes arrondis, séparés par une raie médiane, tandis que sur l'autre face apparaît l'obsessionnel triangle fendu : un pubis féminin, dessiné avec grâce au creux des cuisses.

Catherine et moi étions allés découvrir ces fruits légendaires en compagnie d'Anatole Dauman, le plus généreux des amis, mais producteur de cinéma ayant choisi un rapace nocturne comme emblème, qui nous offrait là un premier repérage pour mon film équatorial et fantomatique, voué bientôt, tel le Hollandais Volant dont il transpose l'histoire truquée, à de successives errances : vers Macao d'abord, anachronique et minuscule colonie perdue entre le tombeau bien réel d'Edouard Manneret et l'imaginaire cénotaphe dédié à Camoens, monuments aujourd'hui en ruine comme toute la concession, où d'antinomiques salles de jeux scintillantes, superposées, gigantesques, droit importées du Nevada, voient défiler chaque nuit les millions de dollars dont rêvait Sir Ralph, à la Villa Bleue, avec le sourire endormi d'une obsolète gentillesse lusitanienne... En Cochinchine un peu plus tard, où, sitôt quittés la vase à palétuviers noirs, les vastes fleuves boueux qui charrient d'innommables épaves, le quadrillage des rizières inondées que labourent les bambins nus juchés sur leurs buffles disproportionnés et apathiques, aux allures de somnambules, on se trouve assailli par le flot impétueux des cyclopousses et des minimotos surchargées d'adolescentes en courtes robes soyeuses, moulant leurs corps menus, qui tiennent des ombrelles roses au-dessus de chevelures d'ébène comme si c'était une voilure, tandis que, sur les larges trottoirs entièrement occupés par des nattes délimitant l'espace théorique d'un restaurant pour poupées où d'une quincaillerie foraine en miniature, des grappes de petites filles rieuses, sous couvert de lui vendre à l'unité cigarettes au pavot blanc ou chouine-gomme aphrodisiaque, proposent dans un clin d'œil enjôleur au voyageur crédule et blasé leurs charmes gracieux de catins impubères... Ensuite au Tonkin, vers le nord, près d'une frontière chinoise ouverte à tous les trafics, l'immense et comme sans limite baie de Ha-Long, tant vantée jadis par mon grand-père Canu comme une des merveilles du monde, où des milliers d'îlots rocheux se dressent dans des postures menaçantes en décors d'opéra, recouverts lorsqu'on s'approche par une luxuriante végétation accrochée aux escarpements et troués de très suspectes grottes (poste d'affût, cache, ou repaire), spectres surgissant l'un après l'autre d'une brume propice en longues traînées mouvantes, que traversent avec lenteur les antiques jonques aux superstructures délabrées, aux voiles nervurées en éventail, noirâtres, vert-de-gris ou rouille, bariolées encore de rapiéçages et de déchirures avec des lambeaux flottants comme on voit aux vaisseaux fantômes, dont les soutes rebondies ramènent vers Haiphong et le fleuve Rouge maintes soieries précieuses, alcools frelatés, armes de guerre, drogues mortelles, jeunes captives enchaînées (de préférence blondes ou rousses) qui seront vendues à l'encan sur les étals des marchés clandestins, pourvoyant en tendre chair blanche les palais à plaisirs pervers de Hong Kong et de Singapour (comme il a déjà été rapporté dans *la Maison de rendez-vous*)... Au Cambodge enfin, où les bouddhas géants à quatre faces surveillent sous l'abri de leurs yeux sans prunelles, dans une moue expectative à l'inquiétante douceur, les sentiers truffés de mines sillonnant la forêt aux troncs vertigineux et aux membres de pieuvres... Mais déjà notre film, frappé par la malédiction divine qui lui interdit de trouver jamais le repos, se dirige à présent vers Hydra, entre les Cyclades et le Péloponnèse, puis, plus loin peut-être à nouveau, jusqu'à l'île mahométane de Lamu, sur la côte à bilharziose qui sépare le riche Kenya de la Somalie ruinée...

L'image dont la netteté me revenait en mémoire, aux Seychelles, avant la dérive du précédent paragraphe, remonte à une période déjà ancienne (cinq années seulement, mais les morts vont vite sous la férule du marché) qui ne rejetait pas encore expressément le cinéma d'auteur. Anatole Dauman, munificent et prospère, comme toujours faisait bien les choses. Un cornac de ses amis, familier de l'archipel enchanteur, avait retenu partout les mieux situés des bungalows, ainsi que les bateaux avec leurs équipages pour naviguer d'île en île.

Une de ces grosses embarcations locales, construite pour la pêche en haute mer, de trop fort tonnage pour atteindre la plage convoitée ce jour-là, a donc mouillé hors de la zone des récifs et nous débarque tous les quatre (une jeune amie de Dauman, Effe, nous a rejoints la veille), mais l'un après l'autre, vu l'exiguïté de la doris manœuvrée plus ou moins habilement par le mousse, qui préfère ne transporter qu'un seul passager à chaque voyage. Ces courts trajets se déroulent plutôt mal, à cause d'une barre capricieuse qu'il faut franchir entre des hauts-fonds, affleurant çà et là en surface. Pour le transbordement de Catherine, l'instable esquif s'est même retourné sur les brisants, versant ma petite fille parmi les remous d'une eau tiède – heureusement – et peu profonde à cet endroit.

La crique est charmante avec ses gros rochers roses et son sable doré. Un ruisseau y descend en cascade dans une entaille de la montagne, louvoyant au milieu des bananiers en touffes denses. Nos accidentés se sèchent au chaud soleil, en riant à l'évocation de leurs mésaventures. Mais nous n'avons guère envie de recommencer pour le retour ce périlleux exercice, d'autant plus que les vagues paraissent redoubler de force. Un grand Noir, descendu jusqu'à nous de sa case presque invisible, entre les blocs de granit et les cocotiers communs aux stipes recourbés avec élégance, nous apprend qu'il existe un sentier praticable à travers la forêt côtière, dont la pente est cependant plutôt raide au-dessus de la mer, coupée de failles et de surplombs, tout à fait chaotique par place. Dans une petite heure, assure-t-il, nous serons au village. Sans prendre en considération la belle musculature du gars, qui a l'air d'un champion de basket-ball et pour qui toute notion des distances doit être assez différente de la nôtre, nous l'adoptons comme guide et partons pleins d'entrain pour une promenade qui s'annonce magnifique, grimpant et dévalant de notre mieux sur ses traces.

Mais au bout d'une heure et demie de crapahut, et malgré les splendeurs de la nature traversée, nous demandons timidement si nous serons bientôt rendus. Juste une petite heure, nous répète notre sherpa de sa voix joviale en accélérant encore ses enjambées. Et voilà qu'il se met à pleuvoir, sans prévenir, une de ces pluies tropicales qui ressemblent à des averses de cinéma (avec lances d'arrosage), mais de bien moins brève durée. En quelques instants, notre discutable chemin se transforme en un torrent de boue rouge, indistinct et glissant, qui macule nos costumes blancs jusqu'à la taille, tandis que les trombes du ciel continuent à se déverser sur nos têtes, directement ou à travers les frondaisons...

Anatole, qui a entrepris de m'exposer en détail les fantasmes négro-érotiques de son amie (Effe, craignant pour une grippe apportée de France, a filé devant dès les premières gouttes, en compagnie de l'athlète basané), poursuit son discours psychanalytique avec la même tranquillité réjouie, le même naturel vagabond que si nous descendions les Champs-Elysées par temps serein après un bon repas. Puisque nous ne pouvons, l'un et l'autre, avancer de front entre les troncs tordus, les arbustes débordants, les flaques profondes et les roches branlantes, il retourne vers moi toutes les dix secondes (en fait, dès qu'une relative stabilité du sol le lui permet) son visage hilare et rougi par l'insolation, ruisselant d'une nappe liquide dont il ne semble même pas remarquer les dégoulinages intempestifs. Comme il sait de longue date que le lassant credo du papa-maman-pénis me fait rire et qu'il feint de le prendre lui-même très au sérieux, il s'en voudrait certes d'abréger son édifiant récit en me privant d'un seul détour...

Alors, brusquement, sans raison précise explicable, je ressens pour mon vieux compagnon d'armes une violente bouffée d'amitié... Et, chaque fois que la scène dérisoire repasse dans mon souvenir, me revient aussitôt la même intense impression de complicité chaleureuse, fraternelle, quelque chose comme le bonheur d'un accord parfait, dont j'éprouve sans doute plus souvent les effluves au contact des fragiles beautés de la campagne – quelques feuilles rousses au fond d'une mare en sous-bois, le contour d'une tache de lichen jaune vif sur un vieux mur exposé au soleil couchant, les stalagmites de glace translucide qui se sont formées sous le jet spasmodique d'une fontaine éclaboussant des cailloux et des plantes à demi émergés, le reflet du ciel crépusculaire sur les bassins partiellement gelés parmi le réseau noir des branches hivernales – que dans le commerce des hommes, plus ambigu, moins immédiat.

Nous avons dû, en fin de compte, marcher trois bonnes heures avant de rejoindre la baie sableuse au bord de laquelle se cachent, à l'ombre des manguiers, des arbres à pain et des palmiers divers, les éléments isolés constituant notre hôtel. La pluie a cessé aussi subitement qu'elle était apparue. Un troupeau de vaches, sous les rayons déclinants revenus, longe la grève pour rentrer à l'étable. Le gardien s'efforce de les faire passer, non pas sur le sable humide, mais dans l'eau salée qui désinfectera leurs sabots.

Cette nuit-là, peut-être à cause de la fatigue, j'ai rêvé que j'étais enfermé dans une cellule à la blancheur immatérielle où j'essayais de peindre quelque issue, en faux-semblant, sur une paroi absente. Mais je n'arrivais à produire qu'un gribouillage confus, impraticable, de lianes entremêlées. Au dîner, je m'en souviens, nous avions parlé des dernières toiles exécutées par Jackson Pollock, peu avant sa disparition précoce.

J'envie la perfection, la sérénité des lignes tracées par l'épeire diadème, l'araignée porte-croix de nos jardins. Au petit jour, dans le désordre des chrysanthèmes couchés en tout sens par les vents et pluies d'équinoxe, c'est un repos de découvrir la paisible ordonnance de sa toile toute neuve aux rayons étoilés, réunis en multiples polygones concentriques par des segments sans bavure, progressifs et parallèles, de plus en plus courts à mesure que l'on s'approche du centre où attend l'artiste dorée, satisfaite à juste titre de sa rigoureuse œuvre nocturne. Tout autour d'elle, accrochés régulièrement sur l'ensemble de la trame, brillent les innombrables diamants d'une fine rosée matinale, dont le faible poids courbe à peine les filins, comme la dentelle de girandoles d'une escadre illuminée.

Mais moi j'enrage et je désespère, je me débats contre le vide et je couvre de coulures improbables les murailles invisibles qui me cernent de toute part. Je suis enfermé, j'en suis sûr, et je l'ai déjà dit cent fois : enfermé. Autour de moi se dressent des parois de verre : là et ici, juste devant moi, et sur les côtés aussi et derrière moi encore. Prisonnier. Les chrysanthèmes, les rudbeckias d'automne, les phlox tardifs, les ultimes roses, tout cela se trouve de l'autre côté, dans le calme jardin de l'épeire porte-croix.

Je suis enfermé dans une sorte de cube vide, abstrait, qui forme comme une explosive absence carrée dans la continuité des choses naturelles. Si j'en veux capturer le moindre reste, les mégots, les cacahuètes brisées, les croûtons de pain et autres menus déchets que par dérision l'on me jette, il me faut agir, construire en toute hâte des rets sur l'impalpable mur, qui sépare en deux mondes sans commune mesure le dehors et le dedans de ma cellule. Et je me doute bien, évidemment, que ce monde-ci – le mien – n'existe pas, qu'il n'est qu'un trou noir au milieu de la constellation vive et gaie des lumières de l'escadre.

Allons ! Pas d'excuses ! Pas de jérémiades ! Il faut me mettre au travail, une fois encore. Mû à nouveau par l'illusoire euphorie de l'action, je lance d'aventureuses lignes exploratrices autour de moi, dans tous les sens, avec des gestes nerveux et rapides, vite cassés. Je m'agite. Je me démène. J'essaie la passion, le désespoir, la fureur, les subterfuges, la petite surprise. Je frappe à droite. Je frappe à gauche. A droite encore. Je recommence, je répète, je ressasse. Je m'obstine. Je reviens en arrière. Puis, soudain, je frappe derechef juste devant moi... Aussitôt, je me retourne d'une brusque et imprévisible volte-face... Non. Rien... Au milieu de l'espace transparent qui m'enferme, perçant en son centre sans doute une porte scellée, il y a seulement un minuscule judas rond, qui est probablement un œil de caméra.

Je voudrais me remettre à mon ouvrage, mais une sorte de paralysie peu à peu me gagne. Je respire de plus en plus mal. Enfin, comme il fallait s'y attendre, je m'aperçois que je me suis pris moi-même au milieu d'un inextricable écheveau de fils enchevêtrés. Je tente un dernier soubresaut, en vain : il est trop tard. Je suis soudé au monde absent, soudé au vide. Dans l'immobilité définitive de mon corps, de mon visage qui ne peut même plus clore les paupières, je vois l'énorme araignée noire – moi – qui s'approche de moi pour me dévorer. Je pousse un hurlement muet de terreur.

Je me réveille. Les doubles rideaux ne sont pas fermés, ni seulement les voilages. Le jour se lève à peine. La pluie et le vent d'équinoxe battent la vitre, de l'autre côté d'une large baie rectangulaire qui occupe presque toute la paroi, juste en face de mon lit. Sur le fond blanchâtre du petit matin, les rameaux entremêlés du grand noyer tout proche, dénudé par la tempête, dessinent un réseau compliqué de courbes mouvantes, remplissant jusqu'aux extrêmes bords toute la surface de la toile avec ses lignes grises soulignées par des reflets luisants. Il n'y a pas un oiseau sur les branches, pas de loups blancs, pas d'araignée géante. Et les idéogrammes superposés formés par les ramures de l'arbre, inutile filet, sont apparemment privés de sens.

Où en suis-je, d'ailleurs, exactement ? Toutes ces choses, perdues dans le dédale obscur de la mémoire, ne montrent-elles pas une tendance alarmante à la perte progressive d'identité ? De plus en plus, les années s'embrouillent, les contrées se mélangent, les paysages se contaminent : loups gris des Hurles assis sur les branches maîtresses, perroquets noirs de Praslin agrippés aux écorces du tronc, pélicans morts suspendus dans la ramure comme des vampires, mais par la tête, accrochée à l'hameçon d'un pêcheur, en Floride... Et d'où vient cette large baie vitrée, dépourvue de rideaux comme du moindre voilage, qui occupe tout un côté de la pièce face au lit ? Elle ne semble guère pouvoir appartenir qu'à la chambre anonyme d'un motel américain, à l'étage supérieur vraisemblablement, puisque l'on se trouve au niveau des rameaux secondaires du gros noyer sans feuilles. La scène, aussi bien, serait imaginaire, car je ne sais plus où en situer le décor standardisé, flottant, provisoire, ni ce que je faisais là.

Il ne pourrait s'agir en tout cas d'un souvenir d'enfance, dans cette Maison Noire dont les croisées à meneaux sont bâties en hauteur, selon l'usage pour les demeures d'autrefois, ni encore moins de l'ancienne batterie désaffectée sur la falaise de Porsmoguer, avec ses fenêtres très étroites donnant vers le rocher et ses meurtrières face au large. Quant au comte Henri, du reste, on ne le voit plus guère observer par ces dérisoires ouvertures les ajoncs poussant dans les failles du schiste, ni les couleurs changeantes de l'océan. Depuis qu'il a découvert une issue praticable sinon commode vers les souterrains aux ramifications insoupçonnées, dont le réseau paraît s'accroître d'heure en heure comme un rhizome qui serait toujours vivant, il explore désormais sans repos, ne distinguant même plus le jour de la nuit, à l'insuffisante lueur d'une torche électrique dont les piles donnent des signes intermittents de défaillance, ce déroutant, cet instable (dirait-on) labyrinthe où il s'avance une fois encore le long des galeries et salles successives, tantôt disposées en enfilade et formant ailleurs des coudes à angles droit, des culs-de-sac, des bifurcations possibles, descendant ensuite des escaliers de pierre, en volée rectiligne ou en colimaçon, vers de nouveaux développements du système.

D'après la nature des parois, certaines zones semblent dater de la construction originale, à la Vauban, avec même des voûtes cintrées et des dallages en granit, tandis que d'autres parties trahissent une facture beaucoup plus récente, c'est-à-dire probablement la seconde guerre mondiale, laissant voir des traces fraîches de barre à mine dans le roc, des chapes de ciment inachevées, des piliers et linteaux en béton armé censés consolider l'ensemble, mais déjà éclatés en maint endroit sous la poussée des ferrailles intérieures gonflées par la rouille, à cause évidemment du sable de mer, proche et facilement accessible, utilisé par des entrepreneurs peu scrupuleux. Murs de soutènement bruts de coffrage et coulés avec un mélange trop maigre, allèges crevées ou rompues, et cloisons en briques grossièrement maçonnées, disjointes, isolent les uns des autres – bien que le plus souvent sans porte avec des entrées béantes – couloirs, vestibules, passages, pièces plus ou moins larges ou exiguës, cellules, chambres secrètes.

De l'eau suinte un peu partout, produisant par place des traînées de moisissures noires ou d'épaisses taches d'algues rougeâtres, gluantes, suspectes. Vu l'absence totale de lumière naturelle, la présence ici de rhodophycées à phycoérythrine serait en fait peu explicable et l'on pourrait donc avoir affaire, plutôt, à quelque champignon mucilagineux. En plus d'un point, cependant, la pigmentation rouge sang de cette matière visqueuse rendrait également difficile son appartenance à la classe des phycomycètes. Lorsqu'elles ont été exposées, pendant les brèves minutes qu'a duré leur observation, aux rayons pourtant sur leur déclin de la lampe portative, les plaques en question (de formes et dimensions très variables) émettent ensuite, durant un temps notablement plus long, une étrange lumière phosphorescente, mais de couleur verte.

Bien que la totalité des caves apparaisse quasiment vide, divers débris épars traînent çà et là sur le sol humide, surgissant tout à coup dans une encoignure ou même au milieu du chemin sous le pâle faisceau lumineux : des bouts de bois usés par les vagues, d'autres menues épaves qui auraient pu être ramassées sur les grèves avoisinantes, quelques boîtes de conserves inégalement rouillées, dont plusieurs portent une étiquette encore identifiable de « saumon au naturel », avec sa vignette célèbre représentant une fille-poisson couchée dans un cadre ovale, ourlé en forme de lèvres entrouvertes, que surmonte en arc de cercle la marque bien connue naguère : *A la Sirène.*

Au hasard de son errance fiévreuse, harassante, inutile (que chercherait-il là ?), Corinthe identifie encore un calot noir de soldat allemand orné de l'aigle aux ailes étendues, un ballon de plage dégonflé, éventré comme à coups de poignard, qui semble avoir été de teinte rose chair, un cadavre de cormoran, bien reconnaissable à ses pattes palmées et son bec crochu, mais dont le plumage se réduit à une dizaine de rémiges partiellement ébarbées, au bout des ailes, laissant à nu un squelette presque intact avec son long cou sinueux, une grosse boule en verre blanc ayant servi comme flotteur pour filet de pêche ou de défense anti-submersibles, une masse informe de cheveux blonds cuivrés, un harpon à double dard en fer forgé pour la chasse sous-marine, des fragments d'un miroir brisé, une chaussure féminine à très haut talon dont l'empeigne triangulaire est garnie de paillettes métallisées, d'un bleu sombre à reflets d'arc-en-ciel...

A ce moment, la torche électrique – qui montrait un regain de puissance depuis quelques minutes – s'éteint tout à fait, d'un seul coup, après avoir jeté un dernier éclat sur l'étincelant soulier de bal. Corinthe se trouve à présent dans la plus complète obscurité. Il manipule sans grand espoir le poussoir de contact, à trois ou quatre reprises, et finit par lancer au loin, à l'aveuglette, l'appareil obsolète qui fait un bruit de vitre cassée en s'écrasant sur le sol. La lampe à boîtier plastique fera donc partie désormais, pour le prochain inventaire, de la panoplie des objets narratifs au rebut, ce à quoi il fallait s'attendre – estime le scripteur méticuleux – puisque cet éclairage portatif qui fait brusquement défaut dans un corridor problématique se trouve déjà mentionné à la page 148 des *Souvenirs du Triangle d'or*.

Cependant, ses yeux commençant à s'habituer à ce qu'il croyait être le noir absolu, notre héros désorienté remarque maintenant que des points de phosphorescence vert émeraude, tout alentour sur les parois latérales et plafonds, continuent à diffuser une vague lueur, grandissante même dirait-on, qui ne serait donc plus cette fois un phénomène de radiations emmagasinées puis rendues, mais une production autonome d'énergie naturelle, due sans doute à la chimie des oxydations végétales. Guidé par ces précieux repères et puisque, de toute manière, il ne saurait choisir rationnellement une bonne direction, l'explorateur obstiné poursuit tant bien que mal sa progression tâtonnante, encore ralentie évidemment par la crainte de trébucher sur un invisible obstacle. Il a d'ailleurs la nette impression que les taches diaphanes brillent davantage à son approche, comme si la chaleur de son corps suffisait à induire une thermo-luminescence.

Mais voilà qu'un gouffre soudain s'ouvre devant lui et c'est par miracle qu'il s'arrête juste au bord, sentant le terrain manquer sous sa semelle... Non : ce sont seulement des marches douteuses, taillées sans soin dans la roche dure, comme il en a déjà rencontré auparavant plusieurs fois. Après avoir, en prenant mille précautions, descendu la hauteur peut-être d'un étage, il a le sentiment d'être parvenu à présent au niveau des grèves, ou peu s'en faut, car le replat où il vient d'accéder grouille de gros crabes qui s'entremêlent dans un crépitement de casse-noix et dont les carapaces éclatent sous ses bottes à chaque enjambée, le faisant à nouveau trébucher dangereusement. Il vaut donc mieux avancer là en traînant davantage les pieds pour écarter plus ou moins brutalement ces bêtes, dont l'esprit aux aguets imagine sans les voir qu'elles peuvent appartenir à une race inconnue, anormalement puissante et munie de pinces énormes, se nourrissant volontiers de chair humaine.

Mais bientôt il pénètre dans une vaste caverne, qui débouche en effet à l'air libre au pied des falaises. La marée basse est étale. Un serein clair de lune resplendit, là-bas, sur l'océan exceptionnellement calme. Les voûtes de la grotte miraculeuse sont tapissées, comme très souvent en Bretagne, par des anatifes, actinies et autres cœlentérés adhérant à la paroi rocheuse, qui émettent dans la pénombre une lumière bleue irréelle, dont l'apparition capricieuse et la coloration variable étaient autrefois considérées comme des signes surnaturels, venus de l'au-delà, et engendraient toute sorte de craintes, d'espérances, de prémonitions, et de récits singuliers ou angoissants.

Une source d'eau douce naît au fond de l'antre, dans une cavité du roc. On lui attribuait peut-être aussi des effets magiques, car une croix celte a été façonnée dans le granit, juste au-dessus. Corinthe, inexplicablement reposé de ses peines, suit dans une sorte d'enchantement le ruisselet qui court entre des pierres plates, lisses, arrondies, et c'est sans aucune surprise qu'il aperçoit au seuil de la crypte un bassin ovale où se réfléchissent les rayons de lune (lavoir sans aucun doute submergé à marée haute comme le reste du ruisseau et la source elle-même), avec une jeune lavandière en costume paysan du siècle dernier, sans sa coiffe, qui est agenouillée sur la dalle incurvée formant l'un des bords, penchée en avant comme si elle contemplait son image dans le miroir liquide.

Il s'avance vers elle. La jeune fille étend sa main droite et l'agite mollement dans l'eau claire afin de brouiller ce qu'elle y aperçoit (était-ce vraiment son propre reflet ?), se redresse, mais en demeurant à genoux, et tourne son avenant visage vers le voyageur. Avec un sourire enjôleur en tout point conforme à la tradition, elle dit d'une voix lente et douce :

« Bienvenue, beau capitaine, qui arrive avec exactitude au lieu convenu, à l'heure prescrite. Tu me reconnais ? On m'appelle Mina, ou encore Marine, et quelquefois aussi Mona la Seule. Ton nom à toi est Henri, ce qui est presque rien et ne sera plus rien bientôt.

– Et qu'y a-t-il là, au fond de l'eau ?

– Il y a des paillettes d'or.

– Tu en es la gardienne, vierge fidèle ?

– Je les lave aux rayons argentés de la lune.

– C'est de l'or maudit, j'imagine ?

– L'or est toujours maudit, tu devrais le savoir. Le mien est du métal rouge, celui qui brûle l'âme ! »

La celtique fille du Rhin a prononcé sa dernière réplique d'un ton plus dur et sa gracieuse figure est devenue soudain sévère. En même temps, elle a plongé la main gauche dans le lavoir à charmes, pour en retirer aussitôt une fine pièce de lingerie ensanglantée. Tout cela est connu, pense le comte Henri, qui ne parvient pas cependant à détacher les yeux de cette couleur vermeille qui flamboie comme un brûlot, alors qu'elle devrait paraître noire sous la blême clarté nocturne.

Brandissant vers son visiteur pensif ce cruel trophée, telle une lampadophore qui voudrait dévoiler l'obscure physionomie du comte, la supposée vestale reprend aussitôt, sans quitter sa posture agenouillée qui lui fait cambrer la taille et tendre le buste en arrière :

« As-tu remarqué, sur ton chemin, mes deux hémisphères de cristal ?

– J'ai vu seulement une boule en verre incolore sur un lit de goémon frais, comme si la vague venait de les déposer là.

– C'est moi qui l'y avais mise, pour qu'elle me signale

ta venue. As-tu rencontré aussi la chevelure noyée de ta trop jeune maîtresse, mystérieusement disparue ?

– J'ai aperçu seulement une masse de cheveux blonds, qui avaient les mêmes reflets de cuivre que ceux d'une très ancienne fiancée, périe jadis en mer dans un accident de pêche au harpon.

– Tu devras pour tout cela fournir des explications et des preuves, de même que pour bien d'autres crimes dont les détails se trouvent consignés dans le grand répertoire. As-tu ramassé à terre la pièce de monnaie qui paiera le prix de ton passage ?

– Je n'ai pas vu de pièce, ni d'argent ni d'or. Ma lampe s'était éteinte...

– Oui, je sais ! » Mina, de façon inexplicable, est prise à cet instant d'un long éclat de rire, clair et léger, mais qui s'efface aussi abruptement qu'il avait pris naissance. Puis, sans plus ample commentaire, elle poursuit : « N'oublie pas de te baisser pour la prendre, au retour. Du moins as-tu trouvé le temps de contempler les plumes d'encre sur un corbeau des mers ?

– J'ai vu un cormoran mort, avec encore quelques grosses rémiges épargnées par la vermine.

– Choisis la plus solide, en remontant. Tu tailleras en biseau le tuyau corné de sa hampe. Avec ce bec, fendu, tu signeras ta déposition. La nuit prochaine, à la vingt-cinquième heure, ce sera la pleine lune. Tu te souviens que c'est le moment précis où j'ai rendez-vous avec toi ? Attends-moi pour le souper. »

Oui, tout cela est connu, comme aussi le linge intime saignant, dont la mention figure dans plusieurs chapitres du rapport, mais qui est ici devenu entre ses doigts (depuis quand ?) un court flambeau de poix brûlante, projetant jusqu'au fond de la grotte une vive lumière orangée, dont la jolie lavandière fait alors présent au comte Henri, rêveur, afin qu'il retrouve sa route à travers le dédale de la citadelle souterraine.

Et, maintenant, le voici qui remonte escaliers et couloirs à l'intérieur de la falaise. Il avance cette fois sans hésiter, comme si la torche qu'il tient devant soi, dans la main droite, non seulement lui servait de guide, mais l'attirait avec vigueur derrière elle. Les taches gélatineuses, sur les murs, resplendissent sous le feu rougeoyant qui rétablit leur teinte écarlate, devenant presque incandescentes à leur tour, tandis que les vacillements du brandon donnent l'illusion de les voir s'animer, palpiter, se tordre. Le nombre et la taille de ces braises gluantes semblent d'ailleurs s'être considérablement accrus.

Et maintenant le comte Henri aperçoit sur le ciment humide et souillé de résidus plus innommables, juste devant sa botte, une très petite pièce de monnaie, si neuve et brillante qu'elle a l'air de sortir des presses. Il se courbe pour la ramasser, de sa main gauche, dans une contorsion incommode de tout le corps, à cause du flambeau de résine qu'il faut maintenir vertical. En se relevant, d'un mouvement trop rapide et mal adapté, il ressent soudain une douleur aiguë qui transperce de bas en haut sa jambe droite, irradiant jusqu'à l'articulation coxo-fémorale : la vieille blessure qui se réveille. Est-ce l'excessive humidité des lieux, où il erre depuis si longtemps, ou plutôt une fatigue sénile, accumulée ?

La piécette est un pfennig allemand, frappé dans une

sorte de cuivre rouge, dur, poli, pesant, alors que – si mes souvenirs sont bons – cette menue monnaie était en aluminium léger, médiocre, vite terni, à la fin du IIIe Reich. Mais Corinthe, plus préoccupé par les élancements qui persistent dans son genou et sa cuisse que par les problèmes de chronologie, fourre d'un geste machinal le contestable pfennig dans la poche de son ancienne vareuse militaire à trois galons, qu'il porte comme vêtement d'intérieur. Et c'est avec beaucoup plus de méfiance (envers son propre corps) qu'il met ensuite le genou gauche en terre, pour saisir une des grandes plumes du cormoran décomposé.

C'est maintenant le miroir brisé qui revient le long de sa route. Malgré les difficultés neuro-articulaires auxquelles il doit à présent veiller, Corinthe se baisse une troisième fois et, sans aucune raison justifiant un tel effort, recueille aussi le plus grand des morceaux de glace qui se présentent sous ses pas ; coupant et poussiéreux, il a la surface environ d'une paume ouverte. L'ex-capitaine l'essuie à l'étoffe avachie de sa vareuse et l'approche ensuite de ses traits, qui, sous l'éclairage à la fois mouvant et contrasté de la flamme, lui paraissent encore plus dissymétriques : la moitié droite est en fait tellement rétrécie et figée qu'on la jurerait sans vie.

Il voudrait en toucher la chair, pour juger d'une éventuelle perte de sensibilité faciale, dont il a la sensation de ce côté-là. Mais il tient la torche d'une main et le miroir de l'autre, et doit donc renoncer à satisfaire cette malsaine envie. A la base du cou, il distingue nettement les deux petites marques rouges et luisantes, parallèles, qui ont à nouveau l'air toutes fraîches. Le bras droit qui brandit la précieuse lumière depuis un temps trop long, dans une position sans doute trop rigide, commence à s'ankyloser. Corinthe, d'un geste nerveux, achevant ainsi de la rendre inutilisable, rejette sa glace déjà fragmentaire, dont les innombrables miettes se dispersent à ses pieds. Alors, sans y penser, de sa main gauche redevenue libre, il tâte machinalement la double cicatrice. Regardant ensuite le bout de ses doigts, il y aperçoit des traces de sang frais. Se serait-il coupé la chair des phalanges avec une pointe en scalpel du miroir maladroitement tenu ?

Et maintenant c'est au tour de la boule cristalline de faire sa rentrée en scène. A l'observer plus attentivement, on voit qu'elle est constituée de deux hémisphères distincts, séparés par une ligne équatoriale qui ressemble à une rainure d'assemblage, comme s'il était possible de l'ouvrir. Est-ce une horreur instinctive qui empêche d'y porter atteinte ? Ou bien les spasmes névralgiques dans la jambe blessée dissuadent-ils de saisir à terre un objet aussi volumineux, opération certes délicate à réaliser d'une seule main ?

A l'intérieur du verre apparaît le doux visage de Mina, avec ses mèches noires de sauvageonne et ses grands yeux sombres, image agrandie jusqu'aux dimensions réelles par un peu compréhensible effet de loupe. Le sourire de la jeune fille est toujours aussi accueillant et charmeur, mais entre les petites dents éblouissantes, dont la bouche charnue découvre en s'entrouvrant le tranchant félin, sourd un épais filet de sang qui s'écoule sur la lèvre inférieure vers la fossette du menton, où glissent avec lenteur de menus caillots mêlés à des bulles d'air, qui évoquent des mots d'amour à demi coagulés.

« Rien », a-t-elle dit en guise de salut. Rien, cette écume... bue à la coupe en hémisphère de cristal, sein à l'envers d'une sirène vierge sur le point de se briser. Rien ! Est-ce donc le fin mot de toute l'inintelligible histoire ? Mais quelle y serait la place de l'or, triangle moussu, disque massif ou cercle évidé ? L'or du rien, pense Corinthe (en grimaçant à son tour un sourire), celui de l'anneau hégélien, de l'être troué qui se manque à soi-même. Et c'est en même temps l'or du Rhin, le désir maudit de domination, et l'or du rein, autrement dit la jouissance sexuelle (qui engendre l'acte créateur). Le Nibelung, fils souterrain de la nuit et du brouillard, a forgé l'anneau d'or et abjuré l'amour. Siegfried l'idiot a lui-même grandi dans une forge, où il ressoudra les tronçons de l'épée paternelle rompue, mais il ne pourra résoudre l'énigme de sa naissance. On sait que Kerangoff, de la même façon, maison natale, signifie en langue celte « la demeure du forgeron ». Et la racine onomastique « grillet » renvoie parallèlement au feu du foyer familial... Comme pour rappeler à l'ordre de son récit le comte Henri, accablé tout à coup par la fatigue, sa vieille douleur lancinante reprend dans la cuisse droite et la hanche.

Mais voilà qu'il aperçoit maintenant, après un brusque coude en angle droit du corridor, une vive lumière provenant de la grande salle remarquable – souvent remarquée – qui a été entièrement taillée dans la roche à une époque douteuse, mais sans aucun doute ancienne, vu ses plafonds voûtés, le travail soigneux des sapeurs, le sol de granit poli par l'usure, la table de pierre façonnée dans la masse en forme d'autel, ensemble qui aurait admirablement convenu pour la retraite de l'empereur fantôme, Frédéric à la barbe rousse, interrogeant de sa voix d'outre-tombe le burgrave qui s'approche : « Chevalier, les beaux corps se sont-ils envolés ? » Mais une autre anomalie tire alors Corinthe de ses médiévales réminiscences : les portes grillées des sept cachots sont ouvertes et les sept dernières captives, épargnées jusqu'ici en raison de leur inépuisable attrait sensuel, ont disparu, enlevées par les pirates barbaresques...

Non. Dans le majestueux spéos qui s'ouvre juste à proximité, illuminé par sept flambeaux fixés à la muraille, les sept idoles sacrifiées se trouvent exposées aux regards dans les diverses postures, gracieuses et impudiques, de leur ultime supplice. Au milieu de ce décor austère, assez sombre, la pâle chair nue des victimes resplendit sous le chatoiement des flammes. L'ensemble a visiblement été composé avec un intense souci décoratif, comme le tableau capital mêlant délicatesse et cruauté, les fantasmes de Monsieur Ingres à ceux de Delacroix.

Sept splendides photographies, reproduites en couleurs (ce qui est exceptionnel) à la page centrale du *Globe,* le lendemain matin, donnent une bonne idée de la scène. Elles ont apparemment été prises sur le vif. On peut y admirer plusieurs vues générales du carnage, sous divers angles appropriés, ainsi que des gros plans montrant certaines suppliciées, particulièrement émouvantes, en train d'expirer dans l'extase du martyre. Mais sur aucune image on n'aperçoit les artistes-bourreaux, pas plus leurs mains que le reste de leur personne. Ce sont eux sans doute qui ont réalisé les clichés, d'une façon très professionnelle, pour les vendre à prix d'or au journal.

Sur la feuille suivante, toujours au chapitre des faits divers régionaux, érotiques ou scandaleux, un bref article relate la mésaventure de Michel Foucault avec un groom d'ascenseur malin, à l'hôtel Leme. Je me souviens de cet établissement, censément luxueux, bien situé devant la plage du même nom qui précède celle de Copacabana. Construit peu de temps auparavant sur l'avenue Atlantica, en bordure de mer, qui n'était pas encore devenue la dangereuse autoroute à six voies qu'on y voit aujourd'hui, son gros œuvre accusait une facture si défectueuse que d'énormes blocs de béton, éclatant sous la poussée des armatures métalliques gonflées par la rouille, se détachaient de la façade et tombaient de dix ou douze étages sur le café-terrasse aménagé au rez-de-chaussée. Il avait fallu y installer, pour protéger la clientèle, d'impressionnants parasols en acier spécial qui retentissaient lors des chutes fréquentes, avec d'étranges résonances dignes d'un gong oriental, en accord ainsi avec le crâne de bonze arboré par notre penseur du punitif.

Je me souviens de la soirée inaugurale au Collège de France, pour le premier cours de Roland Barthes. Après la séance, il y avait une fête joyeuse chez son ami marocain. C'est là une des rares occasions où j'aurai vu Roland heureux et détendu, débarrassé soudain de l'épreuve dont il se faisait une montagne. Les invités étaient en majorité ses jeunes disciples, avec même quelques rares filles, mais on y trouvait aussi cinq ou six anciens compagnons : Genette, Foucault, Deleuze ou moi-même. Après d'abondantes libations, l'atmosphère devenant plus tendre et frôleuse, je dis à Barthes qu'il est temps pour moi de me retirer, étant donné mes choix assez étroits dans ce domaine. Michel Foucault, qui pour sa part ne buvait jamais une goutte d'alcool et devenait, avec l'âge, de plus en plus intolérant envers les hétérosexuels, me lance bien haut en adoptant son ton d'ayatollah, gardien de la loi divine : « Je te l'ai dit et répété, Alain : sexuellement, tu es, tu as toujours été dans l'erreur ! » Bien entendu, il y avait du sarcasme dans son œil brillant de philosophe passionnel, mais la condamnation paraissait néanmoins si évidente que Roland, qui était, lui, la tolérance même, surtout ce soir-là, me prend par les épaules sous son aile protectrice, face à mon juge, et propose pour ma défense : « Quand même, c'est un pervers... » – « Ça ne suffit pas ! » tranche alors Foucault avec violence.

En dehors du fait que l'erreur sexuelle me paraît une notion plutôt comique, en général, l'idée d'être « dans l'erreur », avouons-le, ne me déplaît pas. Dans l'erreur, dans l'errance, dans le refus instinctif de toute Eglise refuge, fût-ce la confrérie S.M. que je fuis, le national-socialisme de mon adolescence, la lutte des classes ou la psychanalyse orthodoxe. Mais je me souviens que les deux premières fois où je suis entré dans une salle de strip-tease traditionnelle, vers la fin des années 50, c'était d'abord à Hambourg avec Michel Foucault, qui assumait alors sans exclusive le rôle de directeur d'Institut français et de cicerone résolu pour les intellectuels en mission, ensuite à Pigalle avec Roland Barthes, qui en a tiré l'une de ses *Mythologies*. Un peu plus tard, et toujours désormais en compagnie de Catherine, j'ai recherché sans relâche à travers le monde, généralement en vain, des spectacles intimes sado-érotiques, guidé de Kyoto à Fukuoka par d'éminents spécialistes nippons, et de Manhattan à Francfort par mon éditeur new-yorkais,

Barney Rosset, qui connaissait toutes les boîtes des deux continents.

Dans ce même ordre de préoccupations, je me souviens que je n'irai plus à Saint Louis, chez mon copain Rybalka, les féministes missouriennes (mi-souris, mi-hyènes ?) ayant fini par décider que mon œuvre et mes cours étaient « politiquement » (c'est-à-dire sexuellement, dans le jargon bien-pensant américain, qui marie ainsi sans vergogne Marx à Freud) « incorrects ». Dieu soit loué !

Je me souviens d'avoir rencontré pour la première fois Georges Perec, sur l'initiative de Rybalka et Contat, chez Jean-Claude Trichet qui n'était pas encore gouverneur de la Banque de France. Le dîner avait pour but, m'a-t-on appris plus tard, de faire attribuer le prix Médicis à *la Vie mode d'emploi*. J'ai pu d'ailleurs, cette année-là, obtenir un vote favorable sans trop de mal, car le Médecis n'est devenu qu'ensuite un prix tout à fait comme les autres, et mes goûts littéraires y conservaient encore quelque poids.

Une fatalité commerciale propre à ce genre d'institutions veut qu'elles ne peuvent durer qu'en s'alignant sur la loi commune. Fondées toutes à l'origine pour s'opposer au consensus gnan-gnan des compagnies plus anciennes, récompenser au contraire les recherches nouvelles et l'originalité, il leur faut bientôt comprendre la nécessité de couronner le plus souvent possible des livres anodins et médiocres, afin de pouvoir aider par surprise, tous les dix ou quinze ans, un véritable écrivain. Les pressions extérieures, ententes clandestines, combinaisons louches et coups fourrés y sont d'autre part si énormes, si choquants, qu'il faut une solide bonne humeur pour survivre plus de deux années au sein d'un jury.

Avec Georges Bataille, Barthes, Blanchot, Cayrol, Sarraute et quelques autres, je me souviens que nous avions créé, vers la même époque où Gala Barbisan m'invitait à faire partie du Médicis en train de naître, une récompense plus intransigeante et plus éphémère, le prix de Mai, qui a aussitôt couronné Marguerite Duras pour son *Moderato*. C'était en 58. Je ne suis pas sûr que le prix ait encore existé au printemps suivant.

Je me souviens que le même Georges Bataille, qui allait bientôt mourir, faisait alors des conférences sur la mort au Collège de Philosophie, dont le fluet mais bouillant Jean Wahl animait les débats de sa voix aiguë, du haut de sa petite taille. Bataille, imposant et apollinien, à côté de lui sur l'estrade, commençait par expliquer avec lenteur, hésitations, modestie, que le sujet était hélas impossible, puisque personne ne possède d'expérience directe le concernant ; il avait donc l'impression à chaque fois, non pas de faire avancer les choses, mais de les faire reculer un peu plus... Là, il s'arrêtait, pris de scrupules, pour réfléchir... « C'est peut-être reculer pour mieux sauter ! » a un jour aboyé joyeusement Jean Wahl pour détendre l'atmosphère, plongeant le conférencier malheureux dans un mutisme définitif.

Je me souviens de la cérémonie annuelle, à Kerangoff, où la famille bretonne réunie en conclave goûtait différentes variétés de pommes de terre, cuites à l'eau salée « en robe de chambre » puis desséchées dans la cocote, afin de pouvoir après longs débats et discussions se rapportant à la saveur, la consistance plus ou moins farineuse, le fait que la pelure éclatait ou non, etc., élire enfin la lauréate, pour procéder en connaissance de cause à l'achat d'un stock massif (des centaines de milliers d'exemplaires, pour ainsi dire) qui compléterait, durant l'hiver et le printemps, l'abondante récolte du jardin.

Je me souviens que « grand-père Robbe », Ulysse Robbe-Grillet, père de papa, avait accompagné à la gare d'Arbois son fils de vingt ans qui partait pour la guerre, en août 1914. Un mouchoir roulé en boule dans la main, le cœur serré sans doute et ne trouvant rien de plus approprié en guise d'adieu, tandis que le convoi s'ébranlait, il a dit simplement : « N'oublie pas de changer de train à Mouchard ! », phrase demeurée célèbre dans la geste du clan. Mouchard, mouchoir, pleurnicheries superflues...

Je me souviens que dans un autre chemin de fer, lent et convivial, au début des années 60, entre Chicago et Minneapolis, j'ai engagé la conversation en français avec une jolie étudiante de littérature, qui, apprenant enfin mon nom au bout de deux cents kilomètres, m'a déclaré tout ébahie : « Mais ça n'est pas possible, il est mort depuis longtemps ! »

Je me souviens d'un hôpital (je n'étais pas mourant, mais assez mal en point) à Saint-Claude, sur la Soufrière, et des vapeurs infernales dont les malodorantes volutes émanaient un peu partout de la terre crevassée, entre les pierres noircies, de part et d'autre du sentier qui montait au volcan. J'avais demandé le *Nouveau Testament,* comme livre d'étude, et la jeune religieuse en cornette m'apportait bientôt toute contente *les Quatre Evangiles en un seul* par le Révérend-Père Machin. Comme je m'étonnais, réclamant avec insistance les véritables Evangiles, intégraux et successifs, avec leurs répétitions, leurs obscurités, leurs manques, leurs relations divergentes ou contradictoires des mêmes événements, je me suis attiré une réponse soudain rembrunie : « Ah bon ! J'ignorais que vous étiez protestant. » Contestataire, en tout cas, non-réconcilié.

Et je me souviens aussi du sol boueux qui fumait et bouillonnait à dix mètres de notre chambre, dans le jardin d'un hôtel inquiétant au milieu des geysers, à Rotorua en Nouvelle-Zélande. Depuis ce séjour (touristico-universitaire), nous avons adopté le verbe « rotoruer » pour désigner un certain type d'ébullition avec grosses cloques projetant des particules brûlantes, lorsque nous tournons des confitures dans la grande bassine en cuivre, Catherine et moi.

Lors d'une arrivée en train à Venise, avec elle qui avait encore l'air d'une enfant, je me souviens que Charles de Noailles et Denise Bourdet étaient venus nous accueillir à la gare avec la magnifique gondole du palais Labbia, où ils habitaient un joli appartement aménagé au tout dernier étage sur une terrasse-jardin (alors que les espaces nobles de la prestigieuse demeure paraissaient en ruine ce jour-là, ravagés la nuit précédente par une des fêtes grandioses où se ruinait lui-même Bestéguy). Ma petite fille, qui se nourrissait exclusivement de confiseries à l'époque, gardait en mémoire émue un glacier ambulant, sur une placette assez éloignée dont elle nous a indiqué le chemin au fur et à mesure, sans se tromper, à travers le dédale des canaux secondaires. Bien qu'habitués sans doute à des voies moins exiguës et plus commodes pour un tel gabarit, le navire d'apparat et ses gondoliers chamarrés ont fini par déposer en grande pompe au point voulu leur menue passagère, afin qu'elle fasse l'acquisition du cornet convoité de sorbet à la pêche, avant de remonter à bord en le léchant du bout de la langue. Comme si elle avait pris le *Bucentaure* pour aller acheter un paquet de bonbons à deux sous.

Je me souviens de Mignon, du pays où fleurit le citronnier, des feuillages vert sombre où mûrissent les oranges d'or. Parmi les myrtes silencieux, dont on extrayait jadis la liqueur des anges, butinent les abeilles d'Aristée.

Je me souviens que Bataille, véritablement maudit durant toute une période et contraint de se soustraire par la clandestinité à diverses instances normalisatrices, s'est longtemps caché sous le pseudonyme de Pierre Angélique.

Je me souviens d'avoir chassé à courre le plus excitant des gibiers, à la frontière de l'Uruguay et du Brésil.

Je me souviens que Robin de Biron, qui devait me remettre d'importants papiers au café Rodolphe d'Heropolis, mais est mort assassiné quelques heures plus tôt, était un descendant direct du duc de Lauzun, maréchal de France et aventurier.

Je me souviens que j'ai rendez-vous ce soir avec Mina, lavandière de la pleine lune et démone marine. J'ai dressé le couvert pour deux personnes, avec deux coupes en cristal. Toutes les issues de la forteresse sont closes. J'ai allumé les treize bougies du grand chandelier de bronze...

Au fond de la salle, plus obscur, la porte donnant accès aux souterrains tourne lentement sur ses gonds, sans produire son grincement habituel. En silence aussi, je m'avance à sa rencontre et j'achève d'ouvrir le lourd battant de chêne. Il n'y a rien, derrière, que le vide et le noir. Mais, quand je me retourne, j'aperçois dans la glace ternie de l'antique armoire, sculptée de motifs inferno-érotiques moyenâgeux, le spectre de Marie-Ange en longue, vaporeuse, translucide, robe virginale, souillée de larges taches rouges sur le ventre et les cuisses.

Je vais jusqu'à la table massive – celle où j'écris d'ordinaire – et je trempe dans l'encrier cubique la plume du corbeau des océans. Dansant avec légèreté sur ses pieds nus à travers les profondeurs glauques du miroir, derrière les mouchetures blanchâtres qui en altèrent la surface comme une lèpre, ma fiancée s'approche peu à peu en souriant, tendant les bras vers moi dans un geste d'appel.

Le moment est donc venu. Selon ce qui a été prescrit, je signe ici mon mémoire inachevé.

TABLE DES MATIÈRES

CET OUVRAGE A ÉTÉ COMPOSÉ ET ACHEVÉ D'IMPRIMER LE DIX-HUIT MARS MIL NEUF CENT QUATRE-VINGT-QUATORZE DANS LES ATELIERS DE NORMANDIE ROTO IMPRESSION S.A. À LONRAI (61250)
N° D'ÉDITEUR . 2883
N° D'IMPRIMEUR : I4-0149

Dépôt légal : mars 1994